集英社オレンジ文庫

僕は君を殺せない

長谷川　夕

僕は君を殺せない

Boku wa kimi wo korosenai

CONTENTS

僕は君を殺せない

たとえばドラマや映画などで、高いところから吊《つ》るされた、首吊り死体を見るときがあるでしょう。僕はそれを見て、あれほどの高さでなくてもいいのに、と思うのです。それに縄でなくても。

ドアノブとタオルで事足ります。

ある日、学校から帰ってきて、玄関のドアを開けようとしました。妙な重さがあって細くしか開かず、おかしいなと首を傾《かし》げながら、ドアを力任せに押しました。

ドアノブには、父の死体がぶら下がっていました。

心身ともに病み疲れていた父の最期を、僕はずいぶん前から予感していました。そう遠くないうちに、壊れてしまうことを、わかっていました。もうずっと限界だったのです。わかっていながら、僕には何もできませんでした。何かしてあげたかった、と、そのとき強く思いました。

三和土《たたき》に置いてあった白い紙に気づいて、手を伸ばし、指先が届きました。紙を開いて、字が目に飛び込んだ瞬間、父の叫びが聞こえた気がしました。

*

え？　……こんにちは。

……どっかで会った？　悪い。おれ、人の顔覚えるの、苦手なんだよね。

ああ、会ってないの、あっそ。

あれのこと？　『風月村《ふうげつむら》』。とうとう解体するんだなあって……。ああ、あんた、地元民じゃないのか。

駅から商店街入ってくるとき、角に、煙草屋《たばこ》があっただろ。その向こうの分岐を北へ折れていくと、幹線道路にぶち当たるんだけど、合流のすぐ手前で右折すると、しばらく幹線道路と併走する、片側一車線の県道に出る。

出たら北東へ、道なり。

ここからだと、車で十五分程度かな。山間の、入り組んだ場所。名前に村とかついてるけど、テーマパーク？　遊園地？　そんな感じ。

ああ、解体するのは知ってたよ。前々から話は出てた。まだ残ってたんだ？　って人も多いかもね。こうやってテレビで、ニュースとして流れてるのを観ると、変な気分。

そりゃ、ずっとあったものがなくなるっていうんだから、感傷的にならないでもないだろ。

別におれ、電器屋なんて用事ない。つい、見入ってただけ。

電車なんて通ってるわけないじゃん。ものすごい辺鄙《へんぴ》も辺鄙、僻地《へきち》。バスも、もうないんじゃない、閉園して長いし。

おれ？　若いよ。十八。だけどよく知ってる。三代前から地元だから。生まれは各務原《かかみがはら》の病院だけど。

地元民でもなきゃ、平日の昼間っから、こんなクソ寂れた商店街歩いてないだろ。駅もちょっと距離あるんだし。夜勤明け。無職じゃねえよ。

……風月村のこと？

別にいいけど……、何を話せっていうんだよ。解体も始まるんだし、廃墟《はいきょ》マニアっていうなら、今のうちに、行くだけ行ったほうがいいんじゃねえの。……よくいるよ。道に迷って、この辺りまで来ちまう、あんたみたいなの。

廃遊園地なんて、何が楽しいのか、おれにはちっとも理解できないね。

むかーし、近くに鉱山があったのさ。おれが生まれる前、ずっとむかし。景気が右肩上がりで、急落することなんて想像もしてない時代。ああいう時代って、後先とかいっさい考えてないもんだから、小規模な遊園地が乱立したイメージ。古き良き昭和っていうの？　閉山したら、一気に衰えて、かなり早い段階で限界集落化して――もうあの辺住んでる人なんていないさ。

それを思うと、どうしてかな。遊園地はけっこうさいきんまで営業してた。少なくとも、おれが小さいころまでは。

行くの？　オススメはしないけど。

事故があったんだよ。今から十何年か前。遊園地が閉園する直前。人が死ぬ事故。

以来、小さい女の子の幽霊が、園内をさまよってるってハナシ。

廃墟マニアも行くけど、肝試しも流行《はや》ったな。手前にトンネルがあって、電話ボックスが立ってて、……行かないよ。あそこ、マジなんだわ。

そのくらいかな、風月村のことで、おれが知ってることなんて。

……清瀬《きよせ》？　さあ、知らない。地元っていってもそれなりに広いし、この辺りだって学校はいくつもあるし。

おれ、用事頼まれてるから、帰るわ。あんたもあんまりつまらないこと嗅ぎ回ってないで、興味があるんだったら行ってみればいいんじゃないの。じゃあな。

……放せよ。痛い。放せって……。

知るかよ。知らないってさっきから言ってるだろ。放せ、この野郎！

クソ……。

…………わかった。

あんた、最初から〝おれ〟に会いに来たな。

電器屋のテレビの前で偶然なんて顔して——。

あいつの何を調べようとしてるのかは知らねえけど、だったらあいつ自身に聞けばいいじゃねえか。……東京にいるだろ。町田《まちだ》だよ。町田市！　はあ？　神奈川？　冗談？　東京の地理なんて、どうでもいいんだけど。とにかく、そっちにでも行けば。

…………。

……あいつが死んだ？

＊

午後七時。

朝から続く曇《くも》り空から、やっと雨が落ちてきました。とうとう天まで泣いてくれたようで、最高のお葬式日和です。きっとあいつも、浮かばれることでしょう。

彼は神様を信じていました。彼が神様を信じていたことを、彼の家族は誰も信じていなかったため、葬儀は仏式でした。

冷たい秋雨のなか帰宅すると、狭い玄関に、レイの靴がありました。いつもながら、なんという主張の激しさ。靴の位置はいつもスペースの真ん中です。ローファー。学校帰りでしょう。

台所から洩《も》れ聞こえてくる、野菜を刻む、軽快な音。何を作っているのでしょう。気になります。レイの作る手料理はとても美味《おい》しいのです。美人で料理が得意な恋人の存在を、親友からたびたび羨《うらや》ましがられます。

コンビニで間に合わせたビニール傘を、傘立てへ無造作に突っ込み、鞄を放り出し、廊下へ背を向けて、玄関に腰を下ろします。瞬間、廊下の奥にあるガラス戸が開く音がしました。

短い廊下をぱたぱたと駆けてきて、僕の背中におかえりと声をかけるより、振り返らせてただいまを言わせるより先に、レイはいつものマシンガントークです。

「あれ？　制服じゃなくてスーツ？　似合うじゃん。そんなの持ってたっけ？　あ、そっか、こないだ誰か亡くなったって言ってたときに買ったやつだ？　ねえねえ、学校休んで、どこ行ってたの？　バイト？　黙ってないでさっさと入れば？　汚いところだけど」

ここは僕の家です。閑静な住宅街の一角にある六階建てマンション。鉄骨造。の、最上階の一室で、僕の名義です。雪深い田舎、その名も岐阜から上京しまして、高校入学と同時に入居しました。かれこれ三年半ほど前のことになります。

建物自体は築三十五年になりますが、室内は入居前にリフォームされ、畳敷きだった六畳間も今はフローリング化された1DK。けして粗末な内装ではありません。汚い呼ばわりされるほど散らかってもいません。なんて失礼な人なのでしょう。

もちろん、そんなこと、口が裂けても言えません。万一反論などしてしまった日には、きっと口を裂かれてしまいます。レイはほんとうにそういうことをする女性です。

開けっ放しのガラス戸の向こうにある台所から、温かい匂いが漂《ただよ》ってきました。どうやら鍋です。冷たい雨のなかを帰ってきた身体に染みます。

しゃがんだままレイを振り仰ぐと、レイは僕の真後ろで、両腕を組んで仁王立ちし、やたら得意げに微笑《ほほえ》んでいました。どうして得意気なのですか。あと、地味に、膝《ひざ》で背中を蹴られている気がしますがなぜです。

ウェーブがかった腰までの茶髪を赤いリボンでまとめ、前髪はヘアピンで右側に留め、ネイビーブルーのシャツの袖《そで》をまくり上げ、黒いエプロンをしています。

エプロンの裾《すそ》からチェック柄のプリーツスカート。やはり学校帰りそのままのようです。ちなみにエプロンは僕のものです。

「ぐずぐずしない！」

「はい」

レイの靴と一緒に、脱いだばかりの革靴を端に寄せます。おもむろに立ち上がりながら、チャコールグレイから黒に変色している湿《しめ》った靴下を脱ぎ、廊下をぺたぺた歩きつつ、靴下を、脱衣所の洗濯かご目掛けて投げました。

濡《ぬ》れた重みもあって、ちょうど洗濯かごにイン。これで三十日間連続成功。バスケットボールはほとんど経験がないのですが、ひょっとするとひょっとするかもしれません。NBA。なかなか良い響きです。

視線を感じました。危険信号です。脳内に警鐘《けいしょう》が打ち鳴らされます。

ガラス戸のほうを恐る恐る見やると、台所へ引き返そうとしたレイが、振り返っていました。鋭い視線で、こちらを串刺しにしています。

普段、華やかな美人と評される彼女です。顔立ちは派手で、ぱっと目を引きます。勝ち気な吊り目、つんと尖った鼻梁《びりょう》、常にきゅっと引き結んでいる小さな唇《くちびる》。

外見通りの性格をしています。

人によっては、こんなに激しい気性とは思わなかった、と後悔することもあるようですが、それは見る目がないというものです。とにかく、宝石に似た煌《きらめ》きの眼差しにぎろりと睨《にら》まれますと、こちらは一瞬にして石化します。まるでギリシャ神話の女妖怪です。彼女の名前はメドゥーサといいます。おそらくレイの前世です。

「なぁにやってんのおばか。そういう横着するから、とっ散らかるんじゃゃん」

「ごめん」

「出たよ、〝ゴメン〟。いつも思うけど、ほんと安いよね。そのゴメン。ほら、早く着替えなさいよ。じゃないと夕飯、先に食べちゃうからね」

おっと、本日はレイのご機嫌がいい。無事、食事にありつける予感がします。とはいえ油断は禁物です。機嫌を損ねないよう、慎重にいかねばなりません。

脱衣所で、百均で購入して複数回使用したら毛羽立って傷《いた》みつつある黒ネクタイを外し、肩の辺りが濡《ぬ》れた背広を脱ぎ、ハンガーに掛けます。びしゃびしゃに濡れそぼったズボンの裾の辺りをじっくり検《あらた》めると、泥が付着して汚れています。ちょっとショックです。まあどうせ普段は着ませんし、次に着るのはもう少し先ですから、明日にでもクリーニングへ出しておきましょう。白いワイシャツを脱いで洗濯かごへ。こちらは洗濯機でＯＫ。腰までの高さのチェストから、長袖のシャツ、ハーフパンツを取り出して着替え、引き戸の向こうに踏み入れると、今朝家を出る際にはなかったはずの炬燵《こたつ》がありました。なぜ。

温かい部屋の奥にある液晶テレビではニュース番組。経済ニュースをＢＧＭに、ひとつしかないコンロの上でぐつぐつされていた八号の土鍋が、濡れタオル二枚越しにレイに摑まれて、炬燵上の濡れ布巾に着座。

「そこ邪魔！　火傷《やけど》するでしょ！」

すみません。慌《あわ》てて端へ退《の》きます。

炬燵上に置かれた湯気の立つ土鍋の周辺には、ポン酢の容器、椀ふたつ、箸が二膳。冷えた緑茶のボトルに、半透明のガラスのコップがふたつ。レイがおたまを持ってきて、準備完了。

帰宅時間をあらかじめ伝えていたわけではないのに、用意が完璧に整っています。

帰宅したら夕飯ができている。素晴らしいことです。しかしながら、ひとり暮らしの家に帰ってきたら、帰宅時間のわからない家主のために、カノジョがちょうど夕飯を完成させたところ……。少々、薄ら寒い感じがします。

「なにぼさっとしてんの？」

エプロンを外して、炬燵の向こう側へ座ったレイが、僕を仰いでいます。

他人を見下す場合と同様、上目遣いにも迫力があります。

「……帰ってくる時間、僕、言った？」

「ううん」

「そう」

「冷めちゃうよ。ほら、座って座って」

「……うん」

　向かい側に胡座《あぐら》をかくと、それからは僕の仕事です。渡されたおたまで具を椀によそい、汁を足してレイへ手渡します。自分の分も。

「タイミングいいよね。おなかすいたと思って冷蔵庫開けたら何も入ってないから、わざわざスーパーまで買い物行って、作り終わったころ帰ってくるなんて。あ、でも、なんとなく、そろそろ帰ってくるかも？　って思ってたんだよね。第六感？　わたしってすごい」

「うん」

　すごい自画自賛ぶりです。レイは嬉しそうに、

「帰ってきてくれてよかったよ。だって、ごはんって、ひとりだと味気《あじけ》ないもんね」

　と、微笑みました。僕の帰宅を待って火を止めたというわけではないようですから、きっとあと一時間でも帰りが遅ければ、ひとりで食べ終えていたのでしょう。

「いただきまーす」

僕が自分の分を取り分けている途中で、レイは自身の椀に箸をつけました。冷茶を注ぐ気は皆無のようです。レイは週に何度か、こうして食事を作ります。その際、作る以外の作業は僕、と分担し、線引きされており、レイはその境界を越えません。

「レイちゃん、いつ来たの？」

「夕方。部屋、汚かったから片付けて、エロ本探して、掃除して、炬燵出して」

エロ本探して、のくだりは、内心かなり焦りましたが、表情には出さないよう気をつけました。ないものを発見される可能性はないはずなのですが、彼女の手にかかったら捏造《ねつぞう》される危険があります。

それに、以前一度、絶対ないと主張した際、ないことを証明しろと詰め寄られました。まさしく悪魔の証明です。言い掛かりは彼女の専売特許です。彼女に言わせると、本が発見されるまで、無い状態と有る状態は同時に存在しているのだそうです。そんな可能性は重なり合っていません。屁理屈の多い女性です。

この、いつ投擲《とうてき》されるかわからない手榴弾《しゅりゅうだん》に、僕はほとほと手を焼いています。

「それより、学校休んでまでどこ行ってたの？　また留年する気？　そんなに高校の勉強したいの？　バイト？　学校休んで？」

「……葬式。本家、清瀬の」

「ふうん。なんか多いねえ。あんたの周り。死に神なんじゃない」

「……誰が？」

「誰がって？」

あまりの言われように絶句していると、ちょうどテレビでバラエティ番組が始まったようで、喧《やかま》しい拍手の音が鳴り響きました。

大きな音が嫌いなレイは箸をくわえたまま、背にしていたテレビを振り返りました。柔らかいラグの上に放り出してあるリモコンへ手を伸ばして摑むと、いちばん上の左側にあるボタンを力強く連打します。……そんなにしなくても、電源はふつうに一度押せば切れます。むしろ再び押したらまたついてしまうではありませんか。彼女は呆れるくらいせっかちです。手に負えないのでスルーがベターです。

さて、部屋は急に静かになりました。

ふたりきりの部屋に落ちる沈黙を破るのはいつもレイです。

「そういえば、風月村って取り壊される話があるんだって？」

「はい」

「知ってたの？」

「一馬《かずま》から」

さらりと言ったつもりでしたが、レイには通用しませんでした。金剛力士像《こんごうりきしぞう》にそっくりの険しい表情。やはり、禁止ワードでした。

一馬は、僕のクラスメートで、高校生活においての唯一の友人です。そして、むかし僕の地元にあった遊園地、『風月村』を経営していたグループの御曹司《おんぞうし》でもあります。一馬自身はあちらの出自ではないのですが、母方の縁があるそうです。

東京に出てきて、地元関係者と出くわすなんて。それを知ったときは、あまりの驚きに、しばし言葉を失いました。僕は長野の生まれですが、親族の家が岐阜にあり、上京する前まで、長く多治見《たじみ》に住んでいたのです。

僕は留年しているためにひとつ年上ですが、特に遠慮をすることもされることもなく、不思議な縁もあって、二年半クラスメートをするうちに、すっかり親友となりました。

僕の親友である一馬を、レイはとても嫌っています。

一馬のへらへらとした笑顔を見るたび、顔面を張り飛ばしたい衝動に駆られるとか。物騒な話です。友人関係を解消しろと、レイはたびたび僕に迫ります。そんなこと言われても、と、その都度思います。思うだけです。

いつだったか、なぜそれほどまでに毛嫌いするのか、とレイへ訊《たず》ねましたところ、生理的に気持ち悪くて、同じ人間とは思えない、何を考えているかわからない化け物だから、という返答でした。ひどすぎます。

僕がつい油断して一馬の名前を口にすると、レイは極端なまでの拒否反応を示します。どうしてそんなにと思います。思うだけに留めています。

レイの言う印象とは真逆になりますが、一馬は表向き、とても快活な好青年です。底抜けに明るく、教室ではムードメーカー的役割を果たしています。

端整な面立ちに、からりと晴れやかな笑顔を浮かべ、軽い口調と、飄々《ひょうひょう》とした態度で人を和ませます。それでいて頭脳明晰《めいせき》。入学以来、常に学年上位の成績を維持しており、さらに、あちこちの運動部から声がかかるほどの並外れた運動能力の持ち主。ファンが存在するほどの人気者です。

直感力に優れたレイは、おそらく彼の裏側に疑念を抱き、危険を感じているのでしょう。それが酷評に繋がっているのだと思います。

「どうしていつもあんなものと一緒にいるの」と、レイから問い掛けられたときのことを、よく覚えています。ひどい言われようです。

僕はそのとき中庭にいて、ひとりで昼食のパンを食べていました。一馬と一緒にいる理由を上手く答えられないうちに、普段の食事はどうしているのか訊ねられて、作ってあげようかと提案されて、頷いたあの瞬間が、この生活のスタート地点です。

いろいろと思い出して、複雑な思いに沈む僕をよそに、レイは吐き捨てます。

「ごはんが不味《まず》くなる名前って、あるのね」

つい、僅《わず》かに笑ってしまいました。笑ってはいけないと承知していたのですが、笑ってしまったことによって、沸点の低いレイは一気に不機嫌となります。これはまずい。平和的解決方法として、即座にフォローを入れておきます。

「鍋、すごく美味しい」

「そんなことわかってるわよ。……そういえばさ、あの遊園地って、怖い話があったよね。女の子がさまよってるってやつ」

「そうだね」

「どんな話だったっけ？」

忘れたなどと嘘を吐《つ》こうものなら、不機嫌指数がさらに上昇すること必至です。危険です。

彼女の短気は、瞬間湯沸かし器も裸足《はだし》で逃げ出すレベルなのです。僕の面倒と彼女のご機嫌を天秤《てんびん》に掛けた結果、コンマ一秒、僕はその話をよどみなくスタートします。大局的な見地と速やかな判断力が必須です。

こんな話です。

若い母親と、五歳の娘が、今は朽ちた遊園地を訪れました。

近隣にあった鉱山はとっくのむかしに閉山し、客数は多くありません。アトラクションの数も最盛期からは激減しているため、親子は残っている全ての乗り物を、待ち時間なく楽しみました。閉園前の夕方ごろ。最後に、お化け屋敷に入ったのです。

廃墟と化した西洋風の館。血に飢《う》えた悪魔が棲《す》みついて、訪れる迷い人を喰《く》らう、という陳腐《ちんぷ》な設定のお化け屋敷でした。

黒い鉄柵に囲まれた、荒れた庭。奥へ続く石畳を、車寄せまで進みます。建物を仰げば、蔦《つた》が縦横無尽に絡みつく赤煉瓦《れんが》造り。今にも外れそうな、半開きの雨戸。烏《からす》の鳴き声。

ふたりの他には、誰もいません。

片開きの玄関扉をくぐり、紅の絨毯《じゅうたん》に足を踏み入れます。薄暗い玄関。もう一枚、扉がありますす。スポットライトがぼんやり照らす、血文字で描かれた「ようこそ」を、おっかなびっくり開きます。分厚い絨毯越しに、床板がギイギイと軋《きし》みました。どうやら腐っているような踏み心地です。

なかなか本格的な造りです。

シャンデリアが落下する仕掛けの玄関ホール、血塗《ちまみ》れの応接間、食堂では燭台《しょくだい》に明かりが灯《とも》り、豪勢な晩餐《ばんさん》の準備が調っています。しかし、誰の姿もありません。

暴風が吹きすさび、遠雷が、ひび割れた窓の外で響きます。

突如として豪雨！

部屋を揺るがすほどの音。雨のにおい。もともと降りそうな天気でしたので、ほんとうに降り出したのかもしれません。自然、ふたりのつなぐ手にも力が入ります。

順路を進んでいきます。やがて、食堂裏に位置する厨房《ちゅうぼう》へ辿り着きました。

そこで、事件は起きました。

地元出身者であれば誰でも知っている、あの有名な事件です。

厨房は、悪魔の食事――人肉を調理する場所でした。

そこには、ギミックとしてよくある、可動する壁がありました。壁と壁で人を挟むものです。赤茶けた煉瓦の壁に、肉を削《そ》ぎ落とす鋭利なナイフが等間隔に突き立てられ、その壁が、細い順路を進む人を反対側の壁へ挟むよう、肉迫するのです。

実際は、壁もナイフの先も、柔らかいスポンジで造られており、人が触れても、白煙がぷしゅーっと噴出するだけの装置です。

ふたりはその場所を、足早に通り過ぎようとしました。娘は半泣きです。本格的すぎるのです。脱落者用の脱出口が少し先にあり、それを発見したらふたりは脱出していたでしょう。

はたして、そうはなりませんでした。

ふたりへ迫る壁とナイフ。ナイフの一本が、本物のナイフに挿げ替えられていたのです。その先端が、娘をかばった母親を突き刺しました。心臓に近かったようです。なぜ本物のナイフへ挿げ替えられていたのかは、もう誰にもわかりません。謎は謎のまま、解明されることなく葬られ、忘れ去られています。全ては過ぎたこととして。

さらに運の悪いことに、閉園間近のため、スタッフの手が足りず、とりあえず自動的に機能するお化け屋敷はほとんど放置されており、発見が遅れました。

血の海に倒れた母親は、そのまま、帰らぬ人となりました。

残された娘は、スタッフが母親の遺体を発見するより前に、その場から消えていました。ですがその日以降、遊園地のなかをふらふらと歩いている姿が、目撃されるようになります。ずっと捜しているのです。

お母さん、お母さん……と呼びながら。

経営の問題もあって、遊園地自体、ほどなくして閉園されました。ですが、今でも娘は、遊園地の敷地から出られず、閉鎖されて誰もいない廃墟を、さまよい続けているそうです。

……。

おしまいに至ると、ひどい虚脱感が僕を襲います。喉がからからになって、冷たいお茶を一気に呷《あお》りました。とはいえ、彼女の不機嫌を思えば、僕の面倒や精神的疲弊《ひへい》などへっちゃらです。

　レイはすでに食事を終え、卓へ片肘《かたひじ》をついて、可愛らしく頬《ほお》を寄せながら、無感動な感想を呟《つぶや》きます。

「食事時に聞く話じゃないね」

　無茶苦茶です。

「あのねえ、レイちゃん……」

「そんなことより、さっさと食べちゃってよ。せっかく作ったのに。冷めてるじゃん。今日ってこれからバイト？　ないんだったら、あとでゲームしようよ。炬燵出すのに押し入れ漁《あさ》ってたら、奥から出てきてさ」

　食事を作ってもらったことは有り難いのですが、冷めたのは僕のせいでしょうか。ご一考いただきたいところです。そんなことより、という言葉で一蹴《いっしゅう》されるこちらの身にもなってほしいものです。

　それにしても、押し掛け女房気取りの同級生の作る食事が格別に美味しかったからといって、つい合い鍵を渡してしまった僕も僕ですが、押し入れまで漁られるなんて。いや、炬燵が出てきたのは嬉しいのですが。……うーん、ちょっと納得できかねます。

　ラグの向こう、テレビの横に放り出されている据《す》え置き型ゲーム機を見て、僕はちょっとため息を吐きそうになりました。危ない！　飲み込みます。

女の人というのは、機械が苦手な生き物で、レイもそのご多分に洩れません。というよりおそらく、極端に不得手とするほうです。

「レイちゃん、コードも一緒になかった?」

「コード?」

「テレビと繋ぐやつ」

「知らない」

いいえ、知らないのではなく——つまり、これから食事を終えたら僕は、あの押し入れを漁って、テレビとゲーム機を接続するコードを探さねばなりません。早くしなさいと叱責《しっせき》されながら。

*

で、何が知りたいって?

おれのところまで来るくらいだから、けっこう詳しいんじゃないの。

……へえ、大まかに知ってるんだったら、もういいじゃん。おれの目でどう見えていようが、全容に、さほどの差異はないと思うけど……。

……清瀬と……会ったのは、長距離バスの車内。

おれはミステリーツアーのモニター参加者だった。でも、別に自《みずか》ら参加したわけじゃない。知り合いが、付き合いで参加しないといけないのに、どうしても都合がつかないから、って持ち掛けてきた、身代わりのバイトだったんだ。

暑かった。その夏の、いちばん暑い日だった。

いちばん最初に死んだのは、春川《はるかわ》って一家だ。もうその時点で、いくら破格のバイト料とはいえ、ほいほい請け負ったことを、後悔したさ。

あんな事件に巻き込まれるってわかってたら、絶対に行かなかったのに。


一年前の、夏だ。

おれはクラスメートに依頼されて、ミステリーツアーへ参加することとなった。

バイトを持ち掛けてきたそいつは、秋津《あきつ》って名前の男。地元の商家の次男で、金持ち。前金として五万、一週間参加すれば二十万！

高校生のバイトでは稼げない額を提示されて、極貧のおれは、先に決まってた海の家での時給九百円のバイトなんかさっさと放り出して、すぐさま飛びついた。

立候補者殺到。最後はじゃんけんだった。勝ったのさ。

聞くところによると、来年から始まるミステリーツアーの企画立案者が、一度モニターテストしてみたいって理由で、参加者を募《つの》ってたんだって。けれど、どうも集まらなかったらしい。一週間拘束って話だったからかな。学生ならともかく、大人が一週間は厳しいもんな。

秋津も、知り合いに頼まれたって言ってた。そのときは快諾したけど、優先したい用事があとから重なってしまって、参加できなくなったらしい。かといって今更断りづらいから、自分で代わりの人間を調達することにしたんだと。バイト料は先方から出る分もあったけど、秋津も少し乗せてるって言ってた。

内容としては、ツアー参加するだけの簡単なもの。詳細は現地で。あとはそうだな。おれの本名じゃなくて、秋津の名前で参加してくれって。ばつが悪かったんだと思う。条件としてはそれだけ。

バスの車内で、現地のパンフレットが配られた。といっても簡素なやつ。白い三つ折り。ミステリーツアーだからかな、表紙には美しい日本語カリグラフィーで、

「ようこそ！【　　　　　】へ！」

白抜きにされてた。

パンフレットを開くと、モルタルの壁の青が鮮やかな、洋館の写真が載ってた。年季入ってそうだけど、なかなかお洒落《しやれ》な邸宅。写真の下に、やたらめったら斜めになってるイタリックで、『蒼玉邸』って書かれてた。ルビがなかったから、勝手に『アオダマテイ』って呼ぶことにした。

どうもこれが、宿泊先らしい。

瀟洒《しようしや》な外観全景から始まって、シャンデリアが光散乱している華やかなホール、落ち着いた調度の居間、猫足のロングスツールとか、情趣のある各部屋の様子。最後に全体の間取り。

女の子なら喜んだかもしれないけど、おれは、どうも気後れがしたかな。こんな派手なところ、泊まった経験ないし。

参加者は多くなかった。バスは一台。

家族五人。

老人男性がふたり。

五十代くらいの男性がひとり、六十代くらいの女性がひとり。

若い男が三人。

そしておれ。

池袋《いけぶくろ》駅、夜二十時発。臨時の直通夜行バス。

今思うと、地獄《じごく》行き直通。

現地に到着したのが、翌日の正午ちょっと過ぎだから、十六時間近く揺《ゆ》られていたことになる。長すぎるだろ。高速使ったら、本州から出られるんじゃないの。

妙な細工のしてあるバスだった。

厚手のカーテンを締め切ってあるんだけど、車窓の低透過率のプライバシーガラスに、内側から、スモークフィルムまで貼《は》ってあったんだ。運転席ともパーテーションで区切られてて、前方も見えない。完全に、外の世界と遮断されていた。企画会社の意向で、到着地点をどうしても秘匿《ひとく》したかったらしくて、携帯電話の電源も切らされた。

閉塞感に息苦しくなったのは事実だけど、そのときはその説明で納得したさ。乗っちまったもん、仕方ない。

うんざりするほどの長時間をバスに揺られて、へとへとのおれたちがついに下車したのは、どこともわからない山のなかだった。携帯の電波も入らず、自分たちが今どこにいるのか、さっぱり不明。

夏。クマゼミが騒々しく鳴く、猛暑日だった。日差しは強く、風もない。ねっとりと停滞した熱気。後にも先にも、おれにとってあれほど暑い日はない。

長く整備された様子のない、路肩がぼろぼろの道が急に拓《ひら》けた、山中の駐車場だった。といっても駐車場にはアスファルトは敷かれておらず、土埃《つちぼこり》が舞う地面。

おれたちを残して、バスは帰っていった。バスが下っていく一本道と正反対にある門をくぐれば、こぢんまりとした別荘地といった風情だったな。疎《まば》らに生えた高い木々。初級ハイキングコースみたいな森の小道に、小川なんかも流れてた。

屋敷が一軒、丘の上に広がる森の手前に、ひっそりと佇《たたず》んでいた。高級なリゾートとはいかないけど、保養地って感じで、のどかな雰囲気はよかったよ。

出迎えに、使用人の男がひとり。居間に通されて、そこで出してくれた軽食を食べながら、簡単な説明を受けた。そのあと、各自の部屋に案内された。おれに与えられたのは、二階の角部屋。あまりにも疲れてたもんだから、部屋で荷物を下ろしたら、いつの間にか寝ちゃってて、気がついたときにはもう日暮れだった。

居間に向かったものの、人は疎らだった。知り合いもいないし、部屋に戻ろうかと考えていたところで、何人かが眠そうな顔をしてやってきた。他の人もおれと同じように、自室で寝てしまってたんだって。

自己紹介でもするか？　という流れになったとき、事件が発覚した。

春川一家は、五人家族。

全員死んだ。

蒼玉邸の裏に離れがある。春川一家はそこの食堂にいたんだと。

ほんとうなら参加者全員で夕食を摂《と》るところを、他の人が起きてこないもんだから、五人だけ先に食べてたらしい。

一家はまず、腹痛を訴えた。かき込んだから、胃がびっくりしてるのかもって最初は笑ってたとか。そのうちに全員が、脂汗を浮かべて、そこからはあっという間だった、っていうのが、おれたちを呼びに来た使用人の話。

死んだって聞いて、おれたちは急いで離れの食堂に駆けつけた。先頭を切っていた使用人が、食堂の扉を開いて、叫んだ。

違う、って。

使用人がこの部屋を出たときと、様相が違っているんだと。

五人は、食卓に突っ伏していた。その腕とか顔に、細い刃で切りつけたような掻《か》き傷が無数についてたんだ。室内だっていうのに、なぜか死体は泥まみれで。何かにあたったとか、食中毒じゃ、そんな風にはならないだろ。どうしてこんな風になってるわけ。

もしかしてこの人たち、殺された……？

とにかく、警察に連絡しよう、という話になったものの、携帯電話の電波が入らない。屋敷には電話がない。どうなってんだよ、なんて、使用人が責められてたけど、使用人も、直前に雇われただけのただのバイトで、何も聞かされてないんだって。

働いているのは自分ひとりだけだし、仕事内容も書面でもらっただけだからって、すごく取り乱してた。

もう夜になってたし、移動手段もなくて道がわからないから、とにかく明るくなったら、山を下りて警察を呼ぶからって。全員揃って待っていてくれって。

それで、その夜は、それぞれの部屋で眠ることになった。落ち着かなかったな。同じ屋敷のなかに、五つも死体があるなんてさ。

けれど、朝に警察が来たら、おれも参加者として、証言しなくちゃいけないかもしれないし、そういうの無視してひとりで帰ったら、何かややこしいことになるかもしれない。そんなことを悶々《もんもん》と考え込んでいるうちに、夜は明けた。

朝。屋敷から、使用人がいなくなってた。警察に行ったのかなって納得しかけたんだけど、誰にも何も言わずに姿を消したって、なんか怪しくないか。

とにかく、待ってみた。全員揃って、律儀《りちぎ》に。けれど、午後になっても使用人は戻らなかった。

そのうち、あの使用人が春川一家を殺したんじゃないかとか、いやいや、やっぱりふつうに警察に行ったんじゃないかとか、責任をとれないからって逃げたんだろうか、とか。残った面子《めんつ》で大騒ぎ。

そのとき誰かが、こんなの見つけたと言って、紙を一枚、恐る恐る持ってきた。蒼玉邸の、地下にある厨房の扉に、貼り付けられていたんだと。怪文書。Ａ４の紙の下半分くらいの位置に、茶封筒がくっついてた。

紙に書かれていた内容は、いかにも怪文書って感じ。新聞の文字を切り貼りしてあってさ。

——彼には退場してもらいました

と、あった。……彼？

封筒の中身。剝《は》がされた爪、十枚。少し……、肉も残ってた。怪文書から鑑《かんが》みるに、使用人の……。

この状況はいったい何だ？

悪い冗談？

一家五人が死んで、使用人は、「退場」……？

屋敷のなかを歩き回ってみたところ、出入り口はすべて、外側から封鎖してあった。鍵自体は開けられたんだけど、扉の外で、持ち手を鎖で雁字搦《がんじがら》めにしてあって、ご丁寧に南《なん》京錠《きんじょう》まで掛かってた。

え？　なにこれ？

おれたち、閉じ込められたわけ？

窓の雨戸も全て閉じてあった。逃げられないように。

「何」から？

「犯人」から。

犯人――それは、怪文書を寄越した人間。一家五人を殺害して、使用人の爪を剥いで消し、屋敷を封じた、殺人鬼。その存在を、おれたちはようやく認識した。

おれたちは狙われてる。どれほど恐怖したか。殺される。しかも手法はかなり猟奇的。

腹が減ったと訴える人も出てきたけれど、だからといって誰も、何も食べられなかった。厨房にでも行けば何かあったのかもしれないけど、食材に毒でも入っていて、春川一家みたいに死んじまったら……。

使用人が駆け込んできてみんなで事情を聞いてたときに、夕食は味見をしながら作ってたから、毒なんて入っていない、と、彼はしきりに訴えてた。けれど、信じることなんてできない。賭《か》けるわけにもいかない。五人を一気にあの世送りにして、使用人の爪を剝ぎ、もしかして殺したかもしれない、殺人鬼が、どこかにいる。いつ殺されるものかと怯《おび》えたよ。おれも、おれの一生はここで終わるのかって、絶望的な気持ちになった。

……おれんち、親が屑《くず》でさ。あんな屑から生まれて、自分まで屑にならないように必死に生きて、結果がこれかって思ったらやるせなかったな。親は悪人だけど、おれは悪いことした覚えねえもん。なのになんでこんな目に遭わなきゃならねえの？

で、人がこんな状況に陥《おちい》ったら、どうする？

どこに殺人鬼がいるかわからない。外かもしれないし、中かもしれない。みんな自分は犯人じゃないって主張してたけど、そんなの信用ならない。

とりあえず、逃げるだろ。

居間の窓。閉め切られて、外から塞がれていた雨戸に、ひとりが椅子《いす》をぶつけて、雨戸と椅子が勢いよく吹っ飛んだ。午後の日差しが容赦《ようしゃ》なく差し込んできた。出入り口ができた。でもこの建物って、一階部分もけっこう高い位置にあるのな。

若い連中なら窓から飛び降りられたけど、老人じゃ厳しそうだった。といって、扉を外から開けようにも、雁字搦めにされてて、開けられる状態じゃない。

命懸かってんだから飛び降りろってひとりが言ったら、梯子《はしご》か縄を探してくるって返答。けっきょく飛び降りねえの。殺人鬼怖くねえの？

――あいつらの誰かひとりでもいいから、警察に駆け込めばいいなかにいた老人が言ったのが聞こえて、いらっとした。他人任せすぎじゃね？

とはいえ、今日もクソ暑いし、老人の歩くペース考えたら、若いおれたちが急いで行って戻ってきたほうが早いのは事実だ。

一度飛び降りた中年男が、先ほどの老人の言動に腹を立てたのか、しめるついでに残ると言った。で、壁よじ登るの手助けしたあと、若い四人で、屋敷から離れたってわけ。

屋敷から門までは、見通しは悪くない。木が疎らに生えていて、茂みもなく、隠れる場所はない。人がいれば、すぐわかる。おれたち以外には誰の姿もなかった。それでも一応、周囲に気をつけながら、足早に門を目指した。

歩きながら会話してて、衝撃の事実。

このミステリーツアー、てんで接点のない人間が選ばれてんのかと思ってたら、実は、親族旅行みたいなもんだったんだと。というか、けっきょくそうなった、みたいな。しかも、おれの地元の人たち。名前聞いて、すっげえ驚いた。有名な地主の名字。

ごつい兄と、やたらぺっとりした印象の弟、全然喋らなくて存在感が希薄なのが従兄弟《いとこ》だって。その上、殺された春川一家も遠縁だとか。

他の連中には見覚えないとは言ってたものの、それにしたって半数以上が親族って、いったいどういうこと？

その疑問を投げかけようとしたとき、ちょうど門に辿り着いた。


駐車場からすぐのところの門は、当然のように閉鎖されてた。

屋敷の扉と同様、施錠された上、意地悪なくらい厳重に、鎖を巻き固めてある。さらに南京錠。どこもかしこも同じ。

敷地を囲む黒い鉄柵は、見上げると首が痛くなるほど高かった。それに、洋風の柵で、足を掛けるところがない。柵の端に、小さな出入り口がついてたけど、これも鎖と南京錠。柵に触れたら、妙にぬめった。塗装が溶けてたのか、油でも塗られてたのか。

出られないようにされてるって、辛いんだな。

ここは登ろうとしても高すぎるし、取っ掛かりがない。他に登れそうなところを探そうと、四人で、柵に沿って歩き始めた。

そうしてみると、敷地全体が閉ざされてるのがわかった。柵は、途中から金網に変わった。ぐるりと張り巡らされた、高くて頑丈そうな金網に、有刺鉄線。

金網の向こうに、猛獣注意の看板。不吉な鳥の鳴き声。

ある金網が、辺りでいちばん低いように見えたから、おれたちはそこで、金網を登ろうと試みたんだ。けれど、網に近づこうとした瞬間、三人のうちのひとり、従兄弟に止められた。

――なんだよ
訊ねたとき、鳥の鳴き声が急に近くなった。羽音が聞こえて、おれは顔を上げた。

鳥はこちらの様子を窺《うかが》いながら、金網にとまろうとした。

鳥が、急に落ちた。ぼとって。

なに。

急に、異様なにおいが漂ってきた。焦げ臭いような。

――電流
ぞっとした。慌てて、金網と距離を取った。

鳥は、感電して落ちてた。もう動かなかった。金網の傍《そば》に落ちて、内側から燃えてるみたいに、様子を変えていった。白煙が立ち上って、思わず目を背《そむ》けた。

二番目の死体の詳細は知らない。

話し合った結果、何にせよ金網を破るのが、もっとも早く脱出できるんじゃないか、って結論になった。ただ、破るには道具が必要だ。電気の線があるだろうから、それを切断する器具。絶縁できるものとか。

それで、いったんは蒼玉邸に戻ることにした。道具を調達できるとしたらあそこしかない。

蒼玉邸まであと少しのところまで戻ってきたとき、東のほうに、墓地があるのを見つけたんだ。金網を隔《へだ》てて、向こう側。

洋風のっていうの？　墓石がぼーんと立ってる和風じゃなくて、こう、棺桶《かんおけ》大の穴があいてるの。その穴に、頭から突っ込んで、足以外沈める形で埋められて……あるじゃん、スケキヨさんが死んでるシーン。あんな感じの裸の死体。

とても近づけなかった。金網の向こうだったからよかったと思った。近づきたくない。その日も猛暑日で、茹《う》だるほどの暑さ。遠目にも、蛆《うじ》が湧いているのが見えた。真っ白の粒が溢れて、赤みがかった粒が蠢《うごめ》いて、羽化した蝿《はえ》が、死体の周りをぶんぶん飛んでた。

距離的には離れてたけど、熱気とともに死臭が漂ってきて、ひどかった。全員、顔を背けた。あれ、もしかして、消えた使用人だったんだろうか？

その場所から離れてすぐ、また別の死体を見つけた。死体というか、骨？　燃やされたみたいな、焦げた黒い木の、低い位置に、紐《ひも》で縛りつけられてた。

絶命した時期は、その骨が、いちばん前じゃねえかな。もしかしたら、ふつうに供養《くよう》されて、墓に埋葬されていた骨を、掘り出したのかもしれない、って思う。元は土葬とかなのかな。いやにそのままだった。火葬だとさ、焼いたあと、骨壺《こつつぼ》に入れるために、骨を割るじゃん。けっこうぐしゃっと割っちまうっしょ。だからさ。

よく知らないし、偽物だったならいいんだけど。

清瀬が――うん、そう、清瀬。

そいつが、神曲《しんきょく》のようだ、だなんて言い出したときは、なに言ってんだコイツって感じだった。神曲って知ってるか？　イタリアの、ダンテとかいう大むかしの偉い作家が書いた小説なんだと。

ああ、そう、知ってるならいいんだよ。

ジョジシ？　はあ。

小説だろうがジョジシ？　だろうが、どうでもいいっつーの。詳しいんだったらいいんだよ、説明する手間が省《はぶ》けるだけだ。

神曲は三つの章に分かれていて、第一章である地獄編は、主人公のダンテが、地獄に堕《お》ちた実在の人物たちを見て回るという、性格の悪い話だそうだな。で、堕ちた奴らが味わっている責め苦は、その堕ちた地獄によって特徴がある。

死体たちは、その特徴に準《なぞら》えられていた、らしい。

だからといって何が解決するわけでもなくて、せいぜい次の犠牲者がどんな風に殺されるかの予測がつく、って程度。あいにく、その場で神曲を読んでた人間は、清瀬のひとりしかいなかったし、けっきょく何の役にも立たなかったな。

おれたちは蒼玉邸に戻った。どうやら敷地から出られない。屋敷のなかで道具を探して、あの金網を、どうにかして破らなければならない。

降りられないからって屋敷に残っていた腑《ふ》抜け連中にそう説明したら、なんか知らねえけど、責められた。警察を待ってたのに、って。いや、脱出できたら呼んでたさ。逃げ道がなかったんだから仕方ねえじゃん。誰のせいでもない。強《し》いて言うなら犯人のせいだけど、犯人はおれたちを閉じ込めたいんだ。おれたちが簡単に脱出できないのも無理はないだろ。っていうか梯子見つかってないし。壁をよじ登る羽目になったし。おまえらただ待ってただけかよ、なんて、言い争いまで繰り広げる始末。

疲れてた。

家族や友人知人に行き先を話していた人間は誰もいなかった。そもそも、ミステリーツアーとあって、誰も自分たちの行き先を知らなかった。

おれも出発の前の晩、妹の寝顔に、「ちょっと一週間くらいバイト行ってくる」って、呟いただけ。ここはどこだ。どうしてこんな目に。

使えそうなものを探してかき集めるうち、夕暮れが迫っていた。たったひとつぽっかり口を開けた外界から、真夏の光が差し込んできていた。

やがて、蒼玉邸、二夜目。

生きてここを出られるか。

たとえどんな過酷なバイトになろうが一週間なら余裕だろ、なんて……。海の家のほうがよほどマシだった。なんであっちに行かなかったんだろって、ひたすら後悔してた。九百円でいいじゃん。目先の金に釣られて、どうしてこんな、わけのわからないバイトに飛びついちまったんだ。じゃんけんに勝ったあのときの自分が憎い。チョキの野郎がパーだったら。

ここでこうして争っていても仕方ない。全員で、話し合った。もちろん、すぐにでも脱出しようって。うかうか死んでたまるか。

犯人はおれたちを虎視眈々《こしたんたん》と狙い、次は誰かと、舌なめずりをしている。暗く沈んでいく窓の外から、今もおれたちを楽しく観察している……。

……いや、残っている人間のなかに、犯人がいるのかもしれない。いろんな疑惑が、誰の心のなかにも生まれてたんじゃないかな。

犯人は、屋敷の外にいるかもしれない。屋敷のどこかに身を隠しているのかもしれない。それとも自分たちの輪のなかで、緊張した面持ちの陰で、内心、ほくそ笑んでいるかもしれない。

誰も信じられない。疑心暗鬼にもなるさ。

直後のことだ。またひとり、殺された。殺人鬼の嘲笑《ちょうしょう》が耳元で聞こえるようだった。

殺されたのは、麻野《あさの》って男だ。五十代くらい。

脱出計画を再び練り始めたころ、麻野は、ちょっと、と言って、全員で集まっていた居間を、ひとり、外そうとした。誰かが引きとめた。彼は、トイレ、と答えた。トイレは、廊下に出て、突き当たりを曲がったところ、十メートル以内にある。

麻野は苦笑しながら、ひとりで出て行った。

ひとりになりたかったのかもしれない。その気持ちは理解できる。全員で顔を突き合わせて緊張していると、息が詰まって、苦しかったから。

五分、十分、二十分。

戻ってこない。嫌な予感が、部屋に満ちた。大のほうでも遅すぎる、くらいの時間が経って、見に行こうか、と誰かが切り出した。人の悪いジョークだったとしたら、あいつ殺す、なんて不謹慎なことを、誰かが呟いた。

ジョークじゃなかった。洋式便器に顔を突っ込んで、死んでた。

そのままじゃ可哀相《かわいそう》だって言って、誰かが身体を起こそうとしたら……全身、赤黒く爛《ただ》れていた。火傷の痕《あと》だ。顔も手も、肌の見える部分は、皮膚が焦がされていた。

こう言っちゃなんだけど、まだらに溶けてたり焦げてたりで、気持ち悪かった……。

その時点で、生きているのは七人。死体が七人、骨がひとり、行方不明者ひとり。

おれたちはずっと居間に揃ってた。てことは、とりあえず麻野を殺したのはおれたち以外の人間だ。絶対に離れないでいよう、と一致団結して元いた居間に戻ると、人がいたんだ。

凍りついた。

だって、全員揃ってるはずだ。

麻野の帰りが遅いんで見に行こうってなって、まとまって見に行って、死体を発見して、身体を起こしたりして、そのあいだ全員、トイレにいたはずだ。

誰もこの部屋に残っているはずがない。いるとしたら？　潜んでいた犯人のお出ましか、おれたちの知らない、新たな犠牲者。

居間は、おれたちが室外に出たときとは、様子がまったく違っていた。部屋全体が真っ赤に染められてたんだ。妙にペンキ臭い。赤いペンキをまいてあった。立っている人も、真っ赤だった。

部屋の中央で、身動《みじろ》ぎひとつしない。

意を決して近づいたら……マネキンだった。デパートとかで服着てる、やたらスタイルのいいアレ。

真っ赤なペンキの散らされた部屋の中央に、女のマネキンが立たされていたんだ。包丁で、胸を刺されていた。まるで刺殺されたように。

驚かせやがって。趣味の悪い手管《てくだ》。残った人間を恐怖のどん底に陥《おとしい》れようって意図だ。

犯人はとんだサイコ野郎だ。楽しんでやがる。

清瀬が……うん、そう、弟。そいつが絶叫したのはそのときだ。

周囲がぎょっとして立ち竦《すく》むなか、ひとりすげえ取り乱して、混乱しきって、誰にも手がつけられなくなるほどだった。春川一家が死んだ辺りから、始終怯えてたけど、とうとう振り切れちゃったんだと思う。

誰かが近づこうものなら、その辺にある高価そうな調度品を、手当たり次第に投げつけられた。それから、笑い声にも似た悲鳴をあげながら、部屋から飛び出して、別室にこもって施錠して——。

あいつには、悪かったと思ってる……。

でもさ、おれたち、自分の世話だけでも手一杯なんだ。正直、構っていられないだろ。

……だから、おれたち、おれたちはあいつを置いて、地獄からの脱出を試みた。兄貴と従兄弟はちょっと頑張って話しかけてたけど、通じなかったみたい。どうしても出てこなくて、そのうち諦めてた。

電気の線は、土のなかに埋められてた。切断した。

高い金網は頑丈で、上部には有刺鉄線。屋敷で集めた調理器具なんかをあるだけ使って潰して……、刃物って意外に潰れるんだな。

やっとの思いで人ひとり分の穴を開けられたのは、真夜中。

闇にぽっかりと開いた穴。

夜のうちに山に入って、人里に下りられるか？

それとも、一夜を明かして、明るくなってから山を下りるか？

ふたつの選択を迫られた。

もちろん、今すぐ出るだろ！　って、思うだろ？

そのときだ。

野犬か、猪《いのしし》か、猿か、熊か。

大きい動物の気配と、鳴き声がしたんだ。

何かがこっちを見てる。

——少し休もう
誰かが言った。

疲れもあった。食事も摂れていないなか、神経を張り詰めながら作業してたから。

夜の山は、危険だ。そう、少し休んで、夜明けを待とう。夏だし、あと二、三時間もすりゃ明るくなる。下手に下りようとして遭難したら？　野生の動物に襲われたら？

けれどおれは、暗かろうが何だろうが、一刻も早く逃げたかった。……っていうか、逃げた。

いったんは全員で蒼玉邸に戻ったけど、こっそり抜け出したんだ。

山で迷うのもじゅうぶん危険だ。無謀だったとは思ってる。ただ、必死だった。殺されたくなかった。もしかしたら犯人が、今にも全員を殺すかもしれない。そうなったら終わりだ。死にたくない。死ぬわけにはいかない。

選択肢のどちらも危険なんだったら、少しでも希望のあるほうを選ぶ。一縷《いちる》の望みを抱いて、おれは闇へ続く穴を、ひとりでくぐった。

金網を一歩出たところから急な傾斜になっていて、ぼろぼろ剝がれる山肌を、途中に生えてる木にしがみつきながら、少しずつ少しずつ、慎重に下っていった。

息を殺して、誰にも見つからないように。


自分の悪運に感謝したね。

街灯どころか、月明かりすらもない、真っ暗な山。舗装もそこそこの山道に行き当たった。行きの道と同じ道なのかな。登っていったら、あそこに行き当たるのかもしれないと思ったら、すごく怖くなった。けれどとにかく、これに沿って下りれば、人里に出られるだろう。早く、早く行こう。振り返ってはいけない。

そのときちょうど、雲の隙間から月明かりが差した。細い三日月にぼんやり照らされた道そのものが、光明を帯びているとさえ感じた。

おれは走った。

遠吠えがした。

自分の、はあはあって息遣い。後ろから、とんでもない化け物が迫っていて、おれはひたすら逃げている。

舗装の剝げた道路を、ひた走った。

体力が切れても、転がりそうになっても、とにかく走った。

しばらくして、自動車の音が、上のほうから響いてきた。久しぶりに聞く音のような気がして、おれは振り向いた。

眩しいヘッドライト。

端に避《よ》けたら、徐行よりも、もうちょっと出てるかって程度の速度で走っている白いワゴン車に、抜かされた。

おれは、立ち止まった。

おれの存在に気づいたんだろう。ヘッドライトを低くして、車が緩やかに停車した。男がひとり、下りてきた。地元の人間かな。咳をしてた。風邪でもひいてたのか、夏なのに着膨れして、マスクしてた。

嗄《かす》れた声で、

——どうしてこんなところに
と、訊ねられて、町に出たい旨を伝えて、同乗させてもらって。

──変なことに、巻き込まれて……

──変なこと？

運転が下手くそで、タイヤが何かを踏んだ拍子に、すっげえ揺れた。

──友達の代わりにバイトに来たら……

そのとき、腹が盛大に鳴った。くすくす笑いながら、男が、おにぎりと茶をくれた。

──どうぞ
ずっと何も食べてなかったから、もうほんと、神様の存在を信じたほどだ。これぞ、天の助け。

おれを追い抜かした時点で、少しくらいおかしいと思うべきだった。追い詰められすぎて、頭がどうにかなってたんだ。

上には「あの場所」しかないんじゃないかって可能性を、僅かでも考えていれば。

おにぎりを貪《むさぼ》っていたおれは、訊ねられた。なんだか、朦朧《もうろう》とする。

──美味しい？

返答したかしてないか。

意識が途切れた。

＊

ときおり僕のマンションに押し掛けてきては食事を作り、一緒に食べて、そのまま泊まることもよくあるレイですが、今夜も承諾なしだろうがお構いなく泊まるようです。

部屋の左、壁沿いにベッド、その奥の枕元にパソコン机、ベランダへ続く掃《は》き出し窓、奥の右手側にテレビ、ラグを敷いて炬燵。

部屋はもう、いっぱいいっぱいです。レイ専用の寝床はありません。そのため、部屋に唯一ある僕のベッドが、レイの今晩の寝床となります。

ふたりで眠るには手狭です。荷重もふたり分を想定してはいません（組み立て説明書では、ひとり用を強調されていました）。寝返りだけでも軋みます。

レイの荒々しい寝相に追い出されること必至のため、夏場はタオルケット一枚で、自発的に床で寝ます。いえいえ、あくまで自発的に。

しかしながら冬用の寝具はふたり分には足りませんので、冬場は同衾《どうきん》となってしまいます。

レイを腕枕しながら、やっとのこと、うつらうつらしはじめたときです。ふと気づいたらしく、レイは僕の腕を撫《な》でて、感触を確かめました。

「どうしたのこれ、肌荒れ？」

手の甲《こう》から肘《ひじ》くらいにかけて、うっかり負った火傷の痕があります。少し前のものです。それらしく取り繕《つくろ》います。

「料理するのに失敗しちゃって」

「痛む？」

「少しひりひりするかな」

柔らかく押しながら、なんだか不服そうな顔をしています。どうしてでしょうか。痛いほうがいいのですか。

「ねえ、あんた料理下手なんだから、何か食べたいなって思ったら、ちゃんと呼んでよ。なんでも、食べたいもの作ってあげる」

「うん」

「てか、あんたって身体中、擦《す》り傷とか多いよね。バイトでもたまに怪我するし。注意力散漫なんじゃない」

「うん」

「うんうん唸《うな》ってないで、もっと自分を大事にしなさい。自分のこといちばん大事にしてあげられるのなんて、けっきょく自分だけだよ」

「うん」

「もういい」

唇を尖らせて、レイがそっぽを向きました。ものすごく眠いという意思が伝わってくれたようでよかったです。途中、若干罵《のの》られた気もしますが、聞かなかったことにしましょう。

と思いきや、

「ねー。あれ、して」

と、まだまだ眠るつもりはないようで、レイは言いました。

「あれって？」

「あれよ、あれ。あの話」

指示代名詞を多用すると、ボケが早く始まるらしい、という話をすればよろしいのでしょうか。

レイは、僕の腕枕の下に、自分の腕を差し入れながら、もどかしげに眉を寄せました。

「あの話だってば。ばか」

なぜ罵倒《ばとう》されているのかわかりかねます。

「ほら、早く」

こんなに眠たいのに。しかし、急《せ》かされているということはつまりリミットがあり、リミットを超えると懲罰《ちょうばつ》があるということです。おちおち寝ている場合ではありません。

僕とレイとの普段の会話はレイが九割を占めるので、レイのほうから僕にせがむ「話」というのは限定されます。

さいきん口にした話について思い巡らせていると、レイがさらにじれています。どれでしょう。早く思い出さなければ。えーっと……。

死地に追い詰められている気分で焦っている僕に、明るい顔になったレイが言いました。

「ほら、遊園地の」

その話をしたのは秋で、すでに二カ月近く経過しています。

あれ、という言葉で指す範囲に含まれているかどうか、ちょっと話し合いたい衝動をぐっと堪《こら》えました。就寝前に一方的に責められることは——いえ、レイの言うところによる「喧嘩《けんか》」は回避したいのです。レイによると、僕は理屈っぽくてときどき生意気なのだそうです。自省は必要でしょうか。どう考えても新しい見方だと思います。

さてしかし、一日の体力には限界があって、特に今日はもうへとへとなのです。

なぜこんな日にレイは来てしまうのか、と恨んでしまいそうになりました。無論、口には出しません。

廃遊園地の怪談を、ぽつりぽつりと口にします。どうやらお気に入りのようです。

おそらく、風月村のあった地方が、僕の出身地であることも関係しています。出身地だからこそ一馬との関わりが生じたのですが……。

おっと、ここで一馬の名前を出す必要は、まったくありません。機嫌が悪くなられても困りますので、親友の名などさっさと忘れてしまいましょう。

僕にとっては親友ですが、レイにとっては宿敵です。ちなみに宿敵と書いて「とも」とは読みません。

一通り話し終えると、レイは僕の腕枕を、自分の心地よい位置へ移動させようとします。レイには関係ないかもしれませんが、いちおう生身の腕なので、可動域には限界があります。ですが微量痛む程度であれば、ここは我慢です。僕は痛みに強いほうです。

眠ってほしいうちは眠ってくれない乳幼児のような彼女です。自分を猛攻する睡魔と格闘しながら、僕はレイへ質問しました。

「レイちゃんは、どうしてこの話が好きなの」

子守唄やおとぎ話とは程遠い怪談を、好んで聞くようなタイプだったでしょうか。

僕の疑問に、レイは少し目を伏せました。

そのまま閉じちゃってください。そうです、あと半分。

「その女の子のことが、気になるから、かな」

「気になる？　どうして？」

レイの言葉に、僕のほうの目が冴《さ》えてしまいました。

レイを食い入るように見つめますが、僕を諦めた睡魔は、次の標的としてレイを襲い、とろとろと溶かしていきます。長くて密な睫毛《まつげ》に縁取られた瞼《まぶた》が、四分の三、閉じられました。もう一息です。

「うん……」

「うん？」

せっかくこちらの意識がはっきりしてきたのに、レイの瞼は今まさに閉じようとしています。眠たいのでしょう。堪えてほしいような、堪えないでほしいような。レイはなんとか答えました。

「お母さんしかいないのかな」

僕は言葉を詰まらせました。

レイはさらに続けます。

「その子には、お父さんは、いないのかな」

レイは完全に瞼を閉じましたが、それでもその形のいい唇を開いて、さらに、少しずつ話します。

「わたしもね、似たような経験があるの。ううん、お母さんは死んでないし、わたしはここにいるけど。ただ、お父さんが愛人のところから帰ってこなくなって、小さいわたしはお母さんとふたりで、遊園地に行く……それだけの話」

レイのお父さんが別荘の火災によって亡くなったのは、何カ月か前のことです。

企業の重役を務めていたというお父さんを、レイはずっと毛嫌いしていました。離婚こそしていませんでしたが、レイが中学生のころから両親は別居し、ほとんど会わなかったそうです。

平常時には罵詈雑言《ばりぞうごん》で修飾されていた父親との関係ですが、こうして眠る前などには気分も落ち着いているのでしょう、レイは少々しみったれた想いを口にします。いつもこれくらいかよわければいいのに、と僕は思います。思うだけです。

「お母さんにも死なれてしまったら、その子は行くところがないね……」

僕は首を振りました。

「そうでもないよ」

「え?　どうして」

レイの華奢《きゃしゃ》な肩を片腕で抱え直し、頭の重みがかかる腕の位置を、痛くないところに速やかに移動させせながら。

「この話には、続きがあるから」

「へえ」

「だって、女の子は死んでないでしょう。お母さんが死んじゃっただけで、その子自身は生きてる。遊園地の中で迷ってるところをそのうちスタッフに保護されて、置いてけぼりをくらってた優しいお父さんが、じき、迎えに来るんだ」

「……そっか」

レイは口元を緩ませ、虚《うつ》ろげに目を開きました。嬉しいのはわかりましたから、けして目は開かないでください。閉じたままでけっこうです。

「じゃあ、大丈夫だね。片方だけでもいるんだったら」

「そう、大丈夫」

「よかったね」

「……うん」

安心して、すうっと寝入ったレイの重みを感じながら、僕もまた瞼を閉じました。

もう限界です。

そういえば、以前クリーニングに出して、戻ってきたのをクローゼットに突っ込んだままのあのスーツを、そろそろ出さなければなりません。

けれど、何もかも、明日の朝にでも考えましょう。ほんとうに眠たいのです、今日はくたくたです。

誰かを恨みたくなるくらい。

*

渡された茶に、睡眠薬。

混ぜたのは、運転手の若い男。——マスクをしていたから、顔はほとんど見えなかった。

たぶん変装してたんだな。あの男。奴こそが、ミステリーツアーを、殺人の舞台に仕立て上げた張本人ってわけだ。

——どうしてこんなところに

そう、奴は言った。

目覚めたのは、駅のなかだった。人が多い。暑い。光が眩しくて、夏の夕方のにおいがする。濁《にご》った臭い空気を、熱風がかき混ぜる。

今何時だろう。汚れた壁にもたれて、寝てたみたいだ。どこだろう。ああ、見たことある。ここ、池袋駅だ。

忙《せわ》しなく行き交う人々を眺めながら、しばらくのあいだ、放心してた。

おれ、夢でも見ていたんじゃないかって。

ミステリーツアーも。

春川一家が殺されたのも。

スケキヨ腐乱死体も。金網も、烏も。

骨がくくりつけられた黒い木も。

麻野って男の、焼け爛れた死体も。

マネキンも。

あの夜道での出来事も。

全部全部、真夏の暑さにどうにかなったおれの見た夢。

夢だったんだ。

夢！

おれは、やや正気を取り戻して、自分の身の周りを確認した。

傍《かたわ》らに、おれの荷物、すべて揃ってた。おれは普段から軽装で、遠出するにも持ち物はリュックひとつだけ。それが、ぽんって無造作に置いてあった。取る物もとりあえず、あの場所を出てきたはずなのにな。夜道をひた走っていたとき、おれはこの身ひとつ。部屋に置きっ放しだったこれ、わざわざ届けてくだすったのさ。親切だよね。

リュックを検めた。携帯電話の電源を入れようとしたけど、入らなかった。電池切れだと思って、コンビニで充電池買ったものの、いつまで経っても充電されない。携帯、壊されてた。コンビニの無愛想な店員に今日が何曜日か確認したら、バスに乗車してから、三日経過してた。

それだけの期間、夢を見ていたってんなら、おれはきっと病気だ。いっそ病気のほうがいいくらいの、悪夢だったんだけど。

リュックに入れてた着替えの隙間に、バスの車内で配布されたあのパンフレットが、ぐしゃって突っ込まれてた。震える手で抜き取ったら、

「ようこそ！【　処刑場　】へ！」

赤い油性ペンで、殴り書き。

処刑場。罪人の処刑を執《と》り行う場所。

おれは、首に縄をかけられて死刑寸前のところを、間一髪抜け出して、命からがら逃亡

した。そしてなぜか、追っ手の執行人から、赦《ゆる》された。

なぜ？

リュックをさらに検める。内ポケットに入れてた財布に、触られた形跡があった。財布にはもともと、一万円少々、小銭、小さいころの写真、それに、原付の免許証が入ってた。

そして、その免許証には、おれの本名が記載されてる。

名前の下。丁寧に、名前を強調するように、赤い線が引かれてた。パンフレットに追記してあったのと同じ、赤い油性ペンで。


なんかもうすっげえ疲れて、膝抱えて、しばらく深呼吸したあと。やっとの思いでリュックを背負って、ぼんやり歩くうちに、交番を見つけた。何人か、警官の姿がある。

一歩踏み出そうとして、視線を感じて立ち止まった。

周囲を見回した。

いや、誰にも見られてない。気のせいだ。周りは雑踏で、おれを見ている人間なんていない。都会ってこんなもんだ。なのに、なんだ、絡みつくような視線。監視されてるみたいな。気にしすぎだろうか。人ごみは嫌いだ。空気が汚くて気持ち悪い。

どうしておれ、足を止めたんだろう。何が引っかかってるんだろう。

違和感の正体について、考えた。

このまま進んでいいか？　交番に駆け込んでいいか？　事情を話して、保護してもらわないと、殺されるんじゃないか？　素性を知られてるんだ。

……でも。

そういえば、さっき財布の中身を確認したとき……。

ポケットに突っ込んであった財布を恐る恐る取り出して、カード入れに入ってる免許証の赤い線に、不気味さを感じながら、おれは「写真」を探した。——ない。

写真は、小さいころのおれと妹を写したものだ。生まれたばかりの妹と、無邪気に笑ってるおれ。そんなもん入れてるなんて、女々しいかな。一緒に撮った小さいころの写真が少ないから、思い入れがあって、財布のなかに折り畳んで、入れてたんだよ。

その写真の裏側には、ふたりの名前が書いてある。

でも財布のどこを探しても、写真は見つからなかった。リュックをひっくり返して、いつのまにか落ちてしまったんじゃないかって、隙間なく探した。でも、なかった。

盗まれた以外、考えられない。そしてその犯人はおそらく、あの運転手。殺人鬼。

殺人鬼に、おれの名前を知られているばかりか、妹の名前まで。

今、おれがここで交番に駆け込んだとしたら、とりあえずおれの身は安全だろう。でも、おれだってこんな、半信半疑になってるような経験を警察に話したとして、すぐに信じてもらえるか？　あの場所の位置もわからないんだ。死体がたくさんあります。どこに？　知らねえ！

経緯をひとつひとつ、順を追って説明するとして、その裏を取ってもらったりして、いったいどのくらいの時間がかかるだろう。そのあいだ、妹は、遠く離れた地元でひとりきり。

おれは踵《きびす》を返した。

とにかく、妹の無事をこの目で確認しなければならない。むかし一度、それで後悔したことがあったのを思い出してた。友達のところへ行こうと、妹を置き去りにしたんだ。

今度は間違えたくない。

地元に着いたら夜で、眠ってる妹の顔見た瞬間、泣いた。

無事だった。生きてた。妹が生きてる。じゃあおれも生きてるみたいだ。そこで初めて、助かったと実感した。なんだか全身から気が抜けて、自分が震えてるって気づいた。妹の手を握ったら震えが止まったから、そのまま翌朝までぐっすり眠りこけてた。

血の通った頼りない小さな手が、柔らかくて温かかった。

おれたちにはもう親がいない。だからおれがしっかりしないとって、いつも気を張ってた。その実、この手を何よりも必要としてたのはおれのほう。そう痛感した。

その日は、朝から雨が降っていた。夏にしては穏やかな雨で、涼しかった。まどろみのなかで、全てが遠い世界での出来事みたいに感じられた。


朝食を食べながら、今後どうするか、身の振り方を考えた。

おれの名前も、妹の名前も知られてる。

免許証には自宅の住所も記載されてる。わざわざ名前に赤い線を引くくらいだ。住所くらい控えられてるだろう。今すぐ引っ越す？　無駄だろ。殺人鬼からは逃げられない。

……どうして、殺されなかったんだろう。

おれはあの地で起きたことを全て目撃してる。おれが犯人だったら、目撃者は殺しておくと思う。おれは逃げ切ったわけじゃない。それどころか、逃亡途中でまんまと捕まったんだ。鈍臭いやつ。どうしてあの運転手を信じちまったんだろ。誰も信じられなかったはずなのに。

犯人は、おれを泳がせてる？　何のために。犯人の目的は何だ。こうして生かして、怖がらせて、いったい何の得になる。

あれほど凄惨《せいさん》に簡単に、楽しんでるみたいに殺人を犯せる人間が、おれを殺さなかった理由。

警察に行って、事情を説明するべきかどうか、おれは迷った。妹の無事も確認できたし、ふたりで保護されるべきか。でも、あの出来事があった場所はわからない。あそこはどこだったんだ。どうやって説明する?

ああ、そうか。おれが人里に下りてしまったら、あの屋敷の位置を知られてしまう。だから犯人は、おれを捕まえる必要があったんだ。最初に説明のあったとおり、バスがあれほど徹底して目隠しされていたのも、十六時間近くかけていたのも、目的地を秘匿したいからだ。

そもそもこんなの、説明して、警察に信じてもらえるんだろうか。話してみろよ。どうせ信じてもらえないさ。嗤《わら》われてしまえ、とでも思われているのか。

おれは自分の目で見て、恐怖を味わって、自分の足で逃げたから、あれが実際に起きた出来事だとわかってる。でもまったく知らない人からすれば、馬鹿馬鹿しい話だ。真剣に訴えれば訴えるほど、精神科の受診を勧められるかもしれない。おれだって信じねえよ。

そうだ、あそこにいた、置いていってしまった他の人たちは、どうなった?

おれは、何日か様子を見ることにした。

もし誰かが助かって警察に駆け込んだとしたら、あの出来事はこれから事件として、大々的に報道されるはずだ。

待ってみた。

けれど、一向に、報道されない。どれだけ記事を探しても、ニュース見ても、春川一家も、麻野って人も、いなかった。スケキヨと骨は、名前がわからない。でもそれらしい話はなかった。

事件になってないのは、どうして。

警察は何をしてるんだ？　何もしてないのか？

やっぱりあいつら何もしねえんだな。

……おれの親って、屑なんだけどさ。

なんで屑かっていうと、おれと妹を、小さいころから虐待《ぎやくたい》してたのよ。妹が二歳のとき、激しく揺さぶられて、その拍子に頭を打って血ィ噴いて、意識もなくなって、それで事件になったんだよね。

警察が来て、親は逮捕されて、ニュースになった。そんなニュース、珍しくもないな。でも、この辺では取り沙汰《ざた》されたよ。田舎だもん。話題に飢えてる。

おれは事件後、祖父母に預けられた。マスコミ、来るわ来るわ。連日連夜、お構いなし。

玄関や窓まで叩かれたりして、「今どんなお気持ちですか」「お話聞かせてもらえませんか」って声が聞こえてくる。いったい、何の話をしろって？　妹が死にかけていて、親が逮捕されて、どういう気持ちか？　わざわざ説明しなきゃわかんねえのか？　だから訊《き》くのか？

奴らは民家から人が出てくるのを待ちかまえていて、ずっと周辺を張り込んでいるもんだから、近隣住民に、祖父母が責められてた。煙草の吸い殻なんかを、その辺りにポイ捨てして、散らかすんだ。

話それたな。とにかく、貪欲《どんよく》なマスコミが、この大々的に報じられて然《しか》るべき事件を、報道していないって、おかしいだろ。そもそも、事件が発覚していないのか？　捜査もされていない？

じゃあもう、どうでもいい。蒸し返したくない。警察になんて行ってどうする。誰かに情報を与えられなきゃ、いや、与えられたとしても、即座に動けないような連中のところへ行ってどうする。奴らが何の役に立った？　親が逮捕される前から、近所の人は、あの家はおかしいって、通報してくれてた。確かに、児相《じそう》か何かが訪ねてきたことはある。けど親が門前払いをすれば、それまでだ。妹が死にかけるまで、何もしてくれない。誰も助けちゃくれない。助けられない。そんな奴らに。

……それに、どうせもう、みんな死んでる。

おれは死にたくない。犯人は、もしかしたらまだおれを監視しているかもしれない。目的はわからない。

どうする？

おれは、口を噤《つぐ》むことにした。何か行動を起こしたら、犯人を刺激するかもしれない。犯人が、おれにこの事件を公《おおやけ》にさせたいから生かしたっていうなら、それは人選ミスだ。もうマスコミの餌食《えじき》になんかなりたくない。

一連の出来事を、忘れることにした。だから、あれはなかったことになった。誰も、どこかの山奥で大勢の人間が殺されたなんて知らない。

それが、夏休みの話。

夏休みが終わるころ、おれはやっと、秋津から金をもらってないって思い出した。でも、何度連絡しても、繋がらなくて。そのうち、夏休みが明けた。登校しても秋津はいなかった。家出してそのまま消えちまったんだって。

その話を聞いて、どうにかなりそうだった。気分が悪くなって、早退した。帰り道の記憶がない。あの夏の暑さを思い出して、朦朧としてた。マジで、どうやって家に帰ったのかな、おれ。

殺人鬼は、あの「処刑場」の、執行人。

「処刑」されるのは？　――罪人？

罪人だったら、それなら、それぞれに何らかの罪があったわけだ。事情は知らねえ。けど、犯人が「処刑」と称して、それを行うわけがあったんだろ。だからって人を殺していいかっていったら、そんなはずがないんだけど。

おれがあの場所にいたのは、秋津の身代わりだ。

犯人と接触したあの車のなかでおれは、自分が、友達の代わりだと口にした。その後、犯人はおれが秋津ではないと、免許証で確認した。あの赤。人違い。

殺人鬼は、あらかじめ定められていた者に招待状を送り、バスに乗せ、あそこまでおびき出して殺人に至った。あれは、れっきとした計画殺人だった。

無関係のおれを逃し、そして、本物の秋津を殺害した。……たぶん、殺されただろうさ。行方不明を装《よそお》って。

秋津の両親は、すぐ捜索願いを出して、かなり尽力したようだけど、見つかったって話は聞いてない。秋津はもともと素行がよくなかった。警察には、ちゃんと取り合ってもらえなかったみたいだ。若者の家出って、多いらしい。

人違いだったとして、でも全てを目撃したおれを口封じしなかったわけは、知らない。

とにかく、おれの悪夢じみた夏は、それでやっと終わった。

残暑も茹だるほど暑かった。


しばらく経って、涼しくなって、ようやく力が抜けた。

清瀬の、兄と弟と従兄弟。

教えてくれた名前が嘘じゃなかったのなら、あの三人がどうなったかを調べたら、あれが「ほんとうにあった出来事」かどうか、わかる。

……緊張が解けると、余計なことを考えるよな。

時間が経つにつれ、知ることが怖い気持ちが徐々に薄れてきた。そして知りたいと思う好奇心が少しずつ湧いてきてしまった。そろそろ、真実に触れてもいいんじゃないか、と思い始めた。それでもやっぱり怖かった。じゃあ、やめときゃよかったのに。

事件後の清瀬の状況っていうのは、つまり、処刑の「結果」だ。

清瀬兄弟の弟のほう――清瀬宗次《そうじ》は、おれと同い年。一個上が従兄弟で、だいぶ歳《とし》が離れて兄貴。ごつい兄貴に比べて、宗次は骨と皮だけみたいに瘦《や》せてる。なんかぺっとりしてて、不思議ちゃん系の男バージョンっていうの？　ひょろっと背が高くて、髪がちょっと長め。サブカル系？　オカルト系？

なんでもいいや。

神曲を読んでたのも、おかしくなったのもそいつ。

処刑——おれもあの事件のことをけっきょくそう呼んでる。実際は私刑だと思うし、そもそも口にする機会、ないけど。

清瀬家は、地元だから、屋敷へ訪問しようと思えば難しくない距離だ。敷居の高さは別問題として。

清瀬宗次がどうなったのか、おれは調べることにした。とりあえず家の住所を調べた。次に、家に近い中学を調べた。私立かなって思ったけど距離的に遠かったから、とりあえず公立として考えた。おれのクラスに、その中学出身のやつがいた。できるだけ不自然にならないように、もともとおれと宗次は幼馴染《おさななじ》みか何かだったみたいに振る舞って、清瀬宗次って同じ中学だった？　知ってる？　今どうしてんのかな、どこ高だっけ？　みたいに、話を吹っかけてみた。当たりだった。声をかけたそいつ、同じクラスだったらしい。

そいつがいうには、清瀬家の若い連中は皆、高校からは東京へ進学するんだと。でも宗次は都会に馴染めなかったのか、高校入学後半年くらいで、地元に戻ってきてるとか。

おれは、さいきん連絡取れなかったから気になってさ、って、ちょっと踏み込んだ。すると、相手の顔色が変わったのが見て取れた。心持ち、声を低くして、

——ニュウインしてるんだって

——え？　入院？

生きてんの？

ついさいきん、中学の同窓会があって、宗次の近況を耳にしたんだと。かなり最新情報。

地元の山中にある精神科病院に入院してる。

宗次が、生きている。

まさかと思った。

病院はすぐ知れた。だからってどうして、面会になんか行ったんだろう。

あの場所のその後を知りたかった？

犯人はわかったのか？　どうなったんだ？　残りの人たちはどうなった？　あのあと、また誰か殺されたのか？　朝を待たず、置いていったおれは裏切り者か？　宗次は、どうやって生き延びた？

警察に行った人はいないのか？

違う。そんなことを知りたいんじゃない。いや、知りたいけど、後回しでいい。

生きてる人がいる。心から、嬉しかった。心配だった。ごめんって一言謝りたかった。

おれ、孤独だったんだ。

あのとき、逃げるしかなかった。けれど、他の人たちを置いていった。自分だけが生きているのかもしれないって思ってた。

処刑のこと、警察どころか誰にも話さなかったけど、話してもどうせ信じてはもらえなかっただろう。おれだって、もし自身で経験してなければ信じたりしねえ。馬鹿馬鹿しい、夢でも見たんだろって言われるのがおちだ。

あの悪夢を共有している人間に会いたかった。

共感したかった。共感してほしかった。あのときの恐怖を。自分と同じ境遇の人間と語らえたら、やり場のないこの憤《いきどお》りも消えてくれる気がした。

そんな思いで、おれは病院にまで赴《おもむ》いたのさ。地元の山を切り拓いた高台の上にある、老人ホームみたいな佇まいの、薄いクリーム色した建物。

建物は、外側から見ても、受付を見ても、優しい建物だったよ。かなりフツーに、ただの療養施設。

病院はここからも近いよ。バスで二十分くらい。

友人だって言えば、面会可能だった。宗次はどこかから帰ってきて以来、とにかく茫然《ぼうぜん》自失していて、正気に戻るのならば友人の面会は断らないというのが家族の意向なんだと。魂が抜けたみたいになってるって。

会話できなくてもいいさ。っていうか、もしかしたら、先に悪夢の外に解放されたおれが、彼を引き上げてあげられるかもしれないと思った。

馬鹿だろ。みみっちい英雄願望みたいな。

病室は個室。軽そうな引き戸に、軽くノックしようとしたときだ。

やさしい声が聞こえた。部屋には先客がいたんだ。

――美味しい？

おれは凍りついたように動けなくなった。宗次を見舞っていたのは、若い男のようだった。誰かを気遣う、少し嗄れた、柔らかな口調。

先客の邪魔になるかもしれない、とか、そういう遠慮なんかじゃない。

喉の奥にこみ上げたのは、真夜中、胃痛がするほどの空腹に放り込んだ、おにぎりと、茶の味だった。真夏の夜の悪夢が、瞬時にして蘇《よみがえ》った。

あの質問を、おれは耳にしたことがあった。

――美味しい？

夏の夜。

途端、息苦しくなった。ひた走った疲れが、全身を襲う。背後からは化け物が追いかけてくる。逃げなくては。

鳥肌がぞわりと肌を覆い、血の気がどんどん引いていく。足の先から流れ出していくみたいに。

夢なんかじゃない。夢なんかじゃない。

訊ねられた相手が返事をするより先に、おれはその場から後ずさり、駆け出した。

もう二度と捕まらないように。

だけど、あの「美味しい？」は、いつまでも追ってくる気がした。逃れられない。


清瀬宗次が投身自殺したのは、それから数日後のことだ。

首の骨を折って、即死だった。

*

「なんだ、あんたか」

疲弊した声で、日沙子《ひさこ》おばさんは呟きました。ほとんど、言い捨てるようです。

日沙子おばさんは、僕にとっては伯父《おじ》であるこの本家の主人の、奥様にあたります。四十代半ばくらいの、痩せた女性です。

以前顔を合わせたのはほんの一カ月ちょっと前のはずですが、あのときから何キロ痩せたのでしょう。もともとふくよかでなかったとはいえ、これ以上減ったら、まるで骸骨《がいこつ》のようですよ、とは言いません、もちろん。

この数カ月のうちに、一気に老け込んだ気がします、とも言いません。

手袋を外して、スラックスのポケットへ突っ込み、目深に被っていた帽子を取り、上着を脱ぎながら、玄関の板敷きへ上がります。

おそらく僕の部屋よりも広い土間。式台の隅に、日沙子おばさんの靴だけが、置いてありました。僕以外に来客はないようです。

日沙子おばさんはこちらに背を向け、頭痛を堪えるようにこめかみを軽く押さえながら、廊下の奥へ歩いていきます。

「こんな夜に」

「申し訳ありません。まだ十九時ですので、間に合えばと」

「何の用」

「焼香《しょうこう》を。午後まで学校で、来られなかったので」

「こないだの葬儀の日、来てたじゃないの」

「それは秀一《しゅういち》兄さんの。今日は、宗次くんの四十九日でしょう」

　日沙子おばさんはせせら笑いました。力なく。

「……なんであんたが生きてて、うちの子がふたり揃って死んでしまうんだろうね。人殺しの息子が、よくもまあ、のうのうと生きてるもんよ」

　さて、どう答えたものでしょうか。そうですね、などと肯定すれば逆上します。経験済みです。だからといって否定をすれば、肯定したときよりも更なる罵倒の急襲を受けます。曖昧《あいまい》にぼかせば、何をへらへらしているんだと詰《なじ》られ、無言でいれば追撃がきます。

　別に、悪い人ではないです。こういう人なのです。

　内心で頭を抱える僕に、日沙子おばさんは、またも力なく吐き捨てました。

「勝手に手でも合わせて、さっさと帰って」

　日沙子おばさんは僕を置いて、どこかへ歩いていってしまいました。お許しがおりましたので、では、有り難く、そうさせていただきましょう。

「失礼します」

　ひとりで仏間に入り、白檀《びゃくだん》の香りに全身包まれます。僕は咳き込みました。こんなにも線香を焚《た》いた部屋に一分もいれば、せっかくの一張羅《いっちょうら》ににおいが染みついてしまうではありませんか。黒ネクタイは百均ですが、黒の上下は二万もしたのですよ。ああもうひどい。焚きすぎです。

とはいえ、この広くて暗い本家を今取り仕切っているのは日沙子おばさんひとりです。手が回らない部分も多いでしょう。先ほど僕を出迎えた日沙子おばさんは、ひどく疲れた顔をしていました。あの病み疲れた肌の色には、見覚えがあります。

今夏より、連続した葬儀には、全国各地津々浦々《つつうらうら》から顔も知らない連中まで親戚面してやってきていましたが、今この大がかりな屋敷に残されているのは、大奥様と日沙子おばさんのふたりだけ。旦那の甥《おい》である僕を、嫌っているとはいえ、玄関先で追い払えるほど強い精神を保てない気持ちは、理解できます。寂しいのでしょう。寂しさは自己を失わせます。

屋敷には多いときで十何人も、血の繋がった家族がいたはずです。それが今や血の繋がらないふたりきりなのですから。

だからといって、せめて大奥様が正気であれば話し相手にもなった、わけではないでしょう。僕の記憶が正しければ、大奥様は、長男の嫁である日沙子おばさんを、まるでゴキブリのごとく憎悪していました。

大奥様は夏に最愛の息子を交通事故で亡くして、糸が切れたように、認知症となりました。それはそれで大変でしょうが、正気と認知症のどちらがより難儀かは、面倒をみる日沙子おばさんでさえ判別つかないかもしれません。

それにしても臭い。白檀は嫌いです。

それはそうと、焼香のあとにため息を吐きたくなるのは、どうしてなのでしょう。視線を感じて、僕は顔を上げました。

仏間には比較的新しい写真の他に、代々の当主たちの写真があります。先代たちの写真に見下ろされています。なんという居心地の悪さ。後ろめたいことのある僕の被害妄想でしょうか。逃げるに限ります。

仏間からそそくさと出て、僕は台所のほうへ足を向けました。

台所に入ると、日沙子おばさんはスツールに腰掛け、虚ろな状態となって、テーブルに突っ伏していました。

「おばさん？」

顔が真っ青です。

日沙子おばさんは、苦しげに呻《うめ》きました。

「もういい。もう、お父さんと、秀と、宗のいるところがいい」

薬の入っている瓶が、テーブルの端から床へ落ちて、音を立てて割れました。ガラスと、少ない錠剤が足元で散らばります。大量に服用した様子です。

日沙子おばさんは自力では腕すらも上がらないようです。テーブルに突っ伏し、蒼白《そうはく》の顔を横に向けています。

僕は台所を出ました。

廊下の奥、暗い部屋の障子をそっと開き、覗《のぞ》いてみます。いろんな嫌なにおいがします。障子を半分ほど開き、静かに踏み込みました。中央に敷かれた布団に、誰かが横たわっていました。

大奥様が、息絶えていました。

秀一さんの葬儀の際に見たとき、相変わらず折れそうに細い首だなと思った首が、ぽきりと折れています。枕に静かに横たえられた頭が、あらぬ方向を向いていました。

青白いおもて。

濁った眼球が方々を見、舌がもつれて飛び出ていました。口の端から垂れた泡。糞尿《ふんにょう》のにおいがします。死に際して、垂れ流されたのか。白檀のにおいと混濁《こんだく》し、胸が悪くなりそうです。えもいわれぬ不快さです。

僕はポケットへ入れていた手袋を取り出し、両手に嵌《は》めました。そっと枕元に膝をつきます。畳の上に、紙が、折り畳まれて置いてありました。

手にとって開くと、日沙子おばさんの筆致で、懺悔《ざんげ》が綴《つづ》られています。

――私が殺しました。大変申し訳御座いません。死んで償います。清瀬日沙子立ち上がって部屋を出て、障子を閉めました。

ちょっと想定外です。

誰もいない廊下を、大股で戻ります。

台所に駆け込みましたが、日沙子おばさんは、さっきと同じ姿勢のまま、ぐったりしていました。

僕は呆然と立ち尽くしました。展開が唐突すぎます。どうしましょう。この不測の事態に、何をどうすればいいのか、わかりません。

救急車を呼ぼうにも、この山奥は携帯電話の圏外です。それに、この家の電話線は、切断してあるのです。僕の手で。

長い夜というものも、いつかは明けるのですね。

東京に戻ってきて、借りた車を返却して、帰路についたとき、東のほうの空が白み始めていると気づきました。やれやれ。明日——もう今日になりましたか。今日は土曜日で、高校はお休みです。けれど一休みしたら、午後からバイトに行かなくてはなりません。

マンションの六階、部屋の前へ。玄関の鍵穴に鍵を突っ込んで回し、開けようとしたのに、なんと、ちょっとしか開きません。

僕の目の前にはチェーンが激しい金属音を立てて張り詰め、行く手を塞いでいます。さて、どういうことでしょう。

薄青の朝五時前。

ドアの隙間から覗き込んで目を凝《こ》らすと、暗がりにレイの靴が見えました。玄関中央にローファー。相変わらずの主張の激しさです。

僕がくたくたの日に限って彼女は来ます。昨日のうちには戻らないと前もって伝えておいたはずですが、僕の事情などお構いなしなのです。

小声のなかの最大限の声を出します。届くでしょうか。

「レイちゃん、開けて！」

「合い言葉を言え」

返事は驚くほど近くからふつうに聞こえました。

どこにいるのでしょう、と奥に目を凝らすと、暗い廊下の途上に仁王立ちしています。トイレにでも起きたところなのでしょうか。それ、僕の寝間着ですけど……。

「あ、合い言葉……？」

「合い言葉！」

そんなアナログな認証機能が断りなく設置されるとは……。

意識が飛びかけているほど眠たいなか、頑張って記憶を辿ります。しかしながら、どう足掻《あが》いても定めた覚え自体ありません。

あまりにしんどくて、僕は泣きそうな声になります。僕はこの部屋の主のはずなのに、この仕打ちはあんまりです。

「ごめんなさい、わかりません……」

素直に謝罪した僕を、レイはチェーンを外して迎え入れました。

僕はぎょっと目を瞠《みは》りました。レイの手に握られているそれはなんでしょう……？

硬直する僕の視線からの問いかけに、レイは右手に握った柄《え》を軽く持ち上げました。

フライパンです。テフロン加工。

「ああ、これ？」

見事なスイング。ちなみに、万一その辺りの壁に擦った場合、クロス修繕費は一平方メートル辺り三千円になります。

「こんな感じで、変質者だったときに、撃退しようと思って」

「……えーっと、なるほど」

防犯の心掛けとしては悪くありませんが、それというのは、家主の帰還の際に必要なものでしたか。僕は不要のほうに一票投じますが。

玄関で革靴を脱ぎ、湿った靴下を脱衣所の洗濯かご目掛けて放り投げ、スリーポイントを逃しました。残念。でもそんなことはどうでもいいのです。ニオイの染み込んで臭いスーツも、全部全部、明日でいいです。

いいえ、時刻的には今日という日が始まっており、すでに五時間も経過しているのですが、僕にとってはまだ昨日という日が終わってないのです。睡眠を挟まなければ、リセットされません。昨日みたいな日は、早く終わらせてしまいたい。僕は毎日、「今日」が人生でいちばんの厄日と思いながら過ごしているのですが、昨日は特にひどかったです。

……何を考えているか、わからなくなってきました。疲労困憊《こんぱい》です。

僕は洗濯かごに全て脱ぎ捨てて、下着一枚となり、ベッドへいそいそ戻っていくフライパン女の背中を追います。

「あの野郎が来たの、昨日の夜」

レイがのんびりと歩くのを、僕は少々手荒く背中を押して促します。なにせ寒いのです。寝間着がありません。どこに行ったのかを訊ねる勇気はありませんが。

レイは眠たいのか、比較的穏やかです。この調子を維持させなければ。

「あの野郎?」

「あいつよあいつ」

「ああ、一馬……」

　レイの宿敵の名前を、僕はうっかり口にしてしまいました。眠さのせいです。慌てて口を押さえますが、なかったことにできません。つい癖で、やってしまいました。振り返ったレイの目つきが変わっています。彼は名前を言ってはいけないあの人でした。

「そうそう、馬鹿の一馬。略してバカズマ」

　怒りによって覚醒しないでください。

「寝させて、レイちゃん」

「どうしようかな」

「お願いだから……」

「仕方ないなー」

　フライパンを炬燵の上に置かせて、シングルベッドになんとかレイを転がし、彼女を腕に抱いて、シャットダウン。

　何もかも明日でいいのです。

「ねえねえ、わたしがフライパンで応戦したら、たまにはかよわい女とか演じてみせてよとかマジキモいこと言って帰ってったけど、何なのアイツ。どうして生きてるの？」

　それは説明できません。僕を巻き込まないでください。

「……ごめん」

「お、今日もゴメンの大安売り」

「レイちゃん……」

どうしたらいいのでしょうか。困り果てる僕を観察するのが、彼女の意地悪な楽しみだと、わかってはいるのですが。

「で、バカズマの野郎は、どうしてあの馬鹿面をさらしに来たの？」

口が汚すぎます。

「えっと……」

彼がやってきたのは、僕が、地元に帰るにあたってお借りした車を返却しなければならないのにもかかわらず、約束した時刻を大幅に過ぎたからです。せっかく気前よく貸してくれた一馬に悪いことをしました。

先ほど車を返したときにも謝りましたけれど、月曜にでも改めて謝罪しておきましょう。

レイが僕の部屋にいるとは知らなかったはずです。僕も知りませんでした。

「だいたい、かよわい女って何なの」

「さあ……」

訊ねられても困ります。そろそろ静かにしてください。もちろん、レイは続けます。

「守ってあげたい、みたいな？　くっだらない。現代日本で、男がいったいどんな外敵から女を守るっての」

「もしかしたら、レイちゃんを狙って、敵が襲ってくるかもしれない」

敵を作りやすい彼女です。

「返り討ちにしてやるわ。フライパンひとつあれば、あいつくらいなら仕留められるもの」

できれば仕留めないでください。あれでいて、僕には必要な人間なのです。それに――。

「あのさ、身を守る必要はなくても、守りたいもの、あるんじゃない」

「ハア？」

それ、相槌《あいづち》のつもりですか。

「……たとえば、レイちゃんがいつも笑顔でいられるように、とか――」

「そんなこっぱずかしいこと、よく素面《しらふ》で言えるね。酔ってんの？　自分に？」

……僕も恥ずかしいといえば恥ずかしいですが、自分も照れ臭いからといって、辛辣《しんらつ》すぎやしませんか。

無論、酔っていません。飲酒運転は絶対にしません。酒量にもよりますが、酒酔い運転なら免許取消に五年以下の懲役《ちょうえき》又は百万以下の罰金。このご時世、飲酒で人なんてはねた日には、執行猶予なしの有期懲役です。

レイは僕の胸に顔を寄せました。形の良い鼻先は驚くほど冷たいですが、行為自体は、悪くないと思います。

「あったかいねえ」

胸の上で、笑いを堪えている感触がします。

「……僕はちょっと寒い」

自分の放った言葉が、今になって寒くなってきました。レイの華奢な肩に手を添えて、もう少し身体を寄せます。埋まりそうになったレイは苦しげに身動ぎをしながら、

「ねえ。線香のにおいがする」

と、言いました。スーツはさっさと脱ぎましたが、やはり肌に染みついてしまったようです。

「そう……？」

「法事だったの？」

「うーん……」

「寝る前にお話しして」

もう勘弁してください。

＊

清瀬宗次が亡くなった話は、同じクラスの奴から聞いた。

おれは驚いてみせた。こないだ話してたばっかじゃんって。

そうは言ったものの、近々だろうなって思ってた。

病室を訪れた時点で、宗次はすでに、あの処刑人に捕らわれてた。たとえば死に神に、首を刈る鎌《かま》を押し当てられて、切り落とされる寸前みたいな現場に、おれは居合わせてしまった。

——……あの家、呪われてるらしいよ。他にも死んでるんだって。祟《たた》りだって噂《うわさ》。そろそろ兄貴のほうも死ぬんじゃね？

——兄貴って、清瀬秀一？

清瀬秀一も、まだ生きてる？

＊

秀一さんは、私有地の山を少し分け入ったところにある、ログハウスでひとり暮らしをしています。二階建ての建物で、一階は、暖炉《だんろ》と革張りのソファのある広々としたＬＤＫ。二階は部屋がふたつに分かれていますが、僕が仮眠する部分以外は物置となっています。キッチンなどは、それほど新しい設備ではありませんが、あまり頻繁《ひんぱん》に使わないのもあり、きれいに片付けられています。

リビングのソファの前に置いてあるガラステーブルの上に置きっ放しにしてあった秀一さんの携帯電話が、ガラスの天板を細かく揺らしました。

食後に洗い、丁寧に拭いていた皿を置いて、ガラステーブルへ歩み寄ります。見下ろして覗き込むと、「母」と表示されています。秀一さんは出られないので、僕は勝手に出てしまいます。いつものことです。

耳に押し当てると、

——秀？

という呼び声が聞こえました。残念。

「僕です。日沙子おばさん」

電話越しに聞こえる盛大なため息から、諦念《ていねん》が滲《にじ》んでいます。ため息を吐くと幸せが逃げるそうですよ、とは言いません。

――あの子、今日も不機嫌なのね。もういいわ。ちゃんと食べるように言っておいてちょうだい。気が向いたらでいいから、また実家にも顔を見せなさいって

「わかりました」

短い応答をして、電話を切ります。

秀一さんはいまだに思春期のように親へ反抗をしていて、母親である日沙子おばさんへは特に反抗的です。彼は甘やかされて育ったのですが、下の宗次くんが生まれて以来、体の弱い宗次くんの世話を優先されたために、健康優良児だった秀一さんのほうは放任気味になってしまったのが主因です。

切った携帯電話を、ガラステーブルの上へ滑らせます。

「ちゃんと食べるように、だそうです」

ふたり掛けのソファに仰向けに横たわっていた秀一さんが、怒りを露《あらわ》に、横目でこちらを睨みつけています。いかにも憎々しいといった視線を受けつつ、笑いかけようとしたところ、秀一さんが身動ぎをして、床へ落下してしまいそうになったため、身体を押さえつけてとどめます。

まったく。変に動いたら、食い込んでしまうでしょう。深く食い込みますと、手首などに繊維質が残ったり、跡になったりして、事件性を疑われてしまう可能性があります。危

ないので、落ち着いていただきたいものです。僕の周りにいる人というのはどうにも性急でいけません。

大人しくなったので、テーブルを挟んで向かい側、ひとり掛けのソファへ、そっと腰掛けました。

「秀一兄さん。狼少年の話はご存知でしょうか」

気を紛らわせるために問いかけてみます。すると彼は潤《うる》ませていた目を上げました。先ほどソファの上にとどめる際、どこか痛めてしまったのでしょうか。それほど強くしたつもりはありませんが、気をつけなければなりません。反省です。

秀一さんは、軽く首を横に振りました。素直で宜しいものです。僕は薄く笑ってみせましたが、逆効果だったようです。そんなに恐ろしげな顔をしないでください。

「ほんとうに危機が迫ったとき、誰にも信じてもらえないという話です」

日頃の行いには気をつけなくてはなりません。たとえば――たまには電話くらいしないと。本人が三カ月ほど電話に出なくても、機嫌が悪いからで片付けられるなんて、相当ひどいものです。あちらもばたばたと忙しいとはいえ、宗次くんの葬儀にも顔を出さなかったというのに、日沙子おばさんは違和感を覚えなかったのでしょうか。

もちろん、秀一さんへ強く言えない気持ちもわかります。中学生くらいのころの秀一さんの家庭内暴力は、それはそれはひどいものでした。当時のサンドバッグはもちろんこの僕です。

　買い物をしてきた袋のなかに、秀一さんの好む銘柄を用意していたので、勧めました。

「煙草でもいかがです」

　くぐもった声。頷いたのを見て取って、僕はそっと、顔の下半分に巻きつけておいたタオルをほどきます。すると、口のなかに詰め込んでおいたハンドタオルが吐き出されて、唾液にまみれたそれが床の上に落ちました。掃除するのは僕です。

　喉が気持ち悪かったのでしょう。俯《うつむ》いて、げえげえと喘《あえ》ぎました。そして、こちらのほうを鋭い目で睨みます。

「……ァんで、」

　暴れられると面倒臭いので、キッチンから持ち出しました包丁の、鋭利な切っ先を、その瞳の寸前のところまで持っていって、あと一センチ。皮膚や眼球を抉《えぐ》る感触を指が求めますが、ここは我慢です。

　固く目を瞑《つむ》り、顔面中から汗をだらだらと垂れ流す様子に、僕はなんとなく拍子抜けをしてしまいました。

　この人が怖かったころが嘘みたいです。「処刑場」での一件のあとに拘束して以来、三日に一度ほどしか食事を与えていないのが原因で、秀一さんはひどく痩せてしまいました。今となっては僕よりも体重が軽いのではないでしょうか。

切っ先が揺れないように気をつけながら、もう片方の手で煙草を探して引き寄せ、親指で箱の蓋《ふた》を開けて、一本をずらします。引き抜いて、唾液に濡れて小刻みに震えている唇に、押し当ててみました。

恐る恐るくわえたのを目視して、煙草の蓋を閉じてテーブルの上へ投げ捨て、今度はライターを、指先で引き寄せます。

「なんで、おまえ……、こんな、何なんだよ……」

火を点《つ》けてあげると、吸い始めました。苛々《いらいら》するときは常に吸っていましたから、こうすれば少しは気持ちも落ち着くかもしれません。喫煙者ではない僕にはわかりませんが、そういうものらしいです。味わっていただきたいものです。最後の一服になるのですから。

何度か問い掛けられるたび、笑顔ではぐらかしてきましたが、そろそろお教えしてもいい頃合かもしれません。

「『風月村』の亡霊、です。秀一兄さん」

さまよっているとされる娘が僕だということは、あの場所で起こった事件の真相を知り、そしてもみ消した清瀬家の人間ならば、よくご存知のはずです。案の定、

「十年以上も経って、なんで」

と、秀一さんは目を見開いて、いかにも信じがたそうに、疑問を洩らしました。

不慮の事故により母親が亡くなったのち、娘がさまよっているという『風月村』の怪談。

おかしな話です。

娘はいつ死んだというのでしょう。だって「僕」はこうして生きています。年月が僕を大人に成長させました。そして実行の時がやってきただけのことです。

「こんな話です」

あるところに、小さな子供のいる夫婦がおりました。

ですがその妻は、不倫をしていました。それがきっかけで離婚となり、夫のほうが親権を取りました。定期的に母子を面会させるのを条件に。ここまでは、それなりによくある話です。

あるとき、母子の面会に使われたのは、潰れかけの遊園地。ひとしきり遊んだのち、夕方になって、父親が迎えにやってきました。

けれど母親が子供を返そうとしなかったために、父親は激昂《げっこう》。逃亡を図る元妻を追い回して、お化け屋敷に駆け込んだ彼女を、ついに刺殺してしまいます。

刺殺した元妻をそのままお化け屋敷に隠した父親は、子供を連れて自宅へ戻りました。

そして数日後、遺書をしたためて、ドアノブで首吊り自殺しました。

記された内容のとおり、お化け屋敷からは女性の遺体が発見されました。

ところで、遺書は二枚残されていました。

女性の遺体を発見するに至る一枚と、誰も知らない、もう一枚。

その一枚が、僕の手元にある、殺人リスト。

元妻の不貞を庇《かば》い、僕の父親を厄介払いし、冷たい仕打ちや嫌がらせを続けた清瀬家と
その関係者たちの名前。清瀬家、春川家、他の親族、元妻の不倫相手だった一家の名前。

よほど恨んでいたのか、その男の娘の名前まで。

この際だからとばかりに、恨んでいた相手の名前が全て書かれています。

末尾には、全員を呪い殺す、と。

穏やかではありません。

それから十年以上をかけて、この呪いはそこそこの呪力を発揮した様子です。リストに
記載されている人物は、それなりに死にました。

「呪いなんて、あると思いますか、秀一兄さん」

「あるわけ、ねえ」

秀一さんの胸元に灰が落ちました。彼を巻いて縛っているタオルの繊維《せんい》が、じわりと焦

げます。

「そう。そんなものは存在しません」

呪いが人を殺すなんて、馬鹿馬鹿しいにも程があります。死んでから誰かを殺そうだなんて、死んだあとの自分に無茶振りしすぎではありませんか。僕が死人の立場ならきっと憤ります。

他者を殺《あや》めるためには、自分は生き続けなければなりません。呪いだなんて曖昧なもので、バスの窓にスモークフィルムは貼れません。

ただ。

生き続けるだけではおそらく、あの派手な舞台は用意できませんでした。協力してくれた「彼」には、心から感謝しなければなりません。

秀一さんが煙草を捨てました。僕のほうへ噴き飛ばそうとして、距離が届かず、絨毯の上へと落ちます。絨毯が焦げそうになったため、僕はそれを素早く拾い上げ、灰皿のなかで丁寧に潰しました。そんなことをしては、危ないではありませんか。

もし火が残っていたら、火事になってしまうかもしれません。

＊

あの夜のことはよく覚えてる。

冬の始めのころ。おれはどうにも眠れなくて、夜、原付走らせて、気を紛らわせてた。今のところ、自分の身には何の問題も起きてないけれど、こんなに悶々と考えるくらいなら、いっそほんとに引っ越そうかな、とか。いざとなったら不要なものは全部かなぐり捨てて、大事なものだけ持って、逃げればいいかなって、考えを巡らせてた。

二十二時くらいかな。バイト帰り、いつものように原付で遠回りして帰る途中、自販機に寄って、あったかいコーヒー飲んでた。

サイレンに気づいて、顔を上げた。どこかで火事か。

音はぐんぐん近づいてきて、やがて、すぐそこの国道を何台も、消防車とパトカーが走行していった。

山だからさ、煙とかけっこうわかりやすいんだよ。近所の人も出てきてた。閉鎖的な土地だ。犬は遠吠えして、みるみる騒がしくなってくる。

おれは原付を走らせた。どこなんだろう、くらいの好奇心。そう遠い場所じゃなかった。

山あい。県道の端に原付を停め置いて、現場に近づいていった。野次馬が大量に湧いてたんで、それにまぎれているうちに、騒ぎの最前列。道路にはパトカーが何台も停まって、警官が野次馬を整理してる。その向こう、山に沿う県道の、ガードレールが途切れてるところから、車一台通れるくらいの舗装されてない細い道が、森のなかに続いてた。

その先に、家？　ログハウス？　が見えた。

それが、燃えてた。

周りが森で、民家なんかはなかったけど、すげー燃えて。火が真っ赤に燃えさかって、黒煙があがってた。消防車が道を入っていって、放水してるみたいだった。

大量の煙が、もくもくあがっていて、周りみんな、呆然としながら眺めてたな。数少ない若い連中は、携帯でパシャパシャ撮ってた。で、たしなめられてた。

ハリウッドばりの爆発もあった。ガスに引火したのかな。駆けつけたときにも、大勢の野次馬の前で、ボンッて、何度も。

「おい、あれ、清瀬んとこの」

……清瀬？　ばっと振り返って、声の主を捜した。でも捜すまでもなかった。すぐ背後にいた中年の、いかにも近所の面々が、おれの目の前で口々に言い合う。

「息子の家だろ、あれ」

息子——清瀬秀一。

「また死ぬか」

「不吉なこと言いなさんな。呪いなんてあるわけないだろうが」

「いやあ、でもこりゃ……」

寒いのに、冷や汗が流れた。おれ、なんてところに居合わせちまったんだ。急に逃げ出したくなる。でも、人ごみが圧《お》してきていて、後戻りできなかった。

このごろ清瀬家からは人死にが出すぎて、祟られてるんじゃないのか、みたいな話が聞こえてきた。当主も少し前に交通事故で死んでたし、次男は投身自殺。

そこに、この爆発。

祟り？　そんなはずがない。でも偶然で片付けられる範疇《はんちゅう》超えてる。この火事に至るまで、どれほどの死体が積み上がっているのか、誰も知らない。

清瀬秀一は、その後焼け跡から発見された。リビングで倒れてたらしい。

火元は、リビング。清瀬秀一は喫煙者で煙草の吸い殻も残ってて、ダイニングのほうではガス洩れもしてたらしいけど、ガス検知器はなかったんだって、現場検証のあとで、噂として聞いた。

ガスが洩れて、煙草から絨毯に火が移って燃え広がり、火災。ガスに引火して爆発。

不幸が重なった、事故。……まあ周りの誰もが、呪いだなんだって騒ぎ立ててたなあ、しばらく。当主、次男、長男。他の親族たちも、ばたばた倒れたり、消えてたり。

何度目かの爆発のあとだったな。

なんとまあ、生きて助け出された人間がいたんだ。なんとか自力で、玄関くらいまで這《は》いずり出てきて、野次馬の目の前で救出された。その人物に、おれは見覚えがあった。

あれ、清瀬兄弟の従兄弟だ。名前は確か、清瀬誠《まこと》。火傷を負いながら、ログハウスに向かって、「秀一兄さんが」って言い続けてた。

……三人とも、処刑場からは生きて戻ってこれたのか。

でもあんまり手放しに喜べないなと思った。清瀬宗次は死んじまったし、なかにいるらしい清瀬秀一も、助からないだろう。であれば、ああやってせっかく生き残った清瀬誠も近々死ぬんだろうな。……おれの番が、いつか来るんだろうか。

いつまでも見物していても仕方がない。救急車も到着して、おれは野次馬からなんとか抜けて、帰ることにした。

そのときだ。視線を感じたのは。

振り返った。

搬送される直前、清瀬誠が、おれを見てた。

＊

「お。お疲れ」

カラオケ店の一室に入ると、一馬が顔を上げました。優しい労《ねぎら》いに片手を上げて返事とし、向かい側に腰掛けます。約束の時間を、またも破ってしまいました。持参したメロンソーダをテーブルに置き、軽く頭を下げました。

「ごめん。待たせた」

「俺はいいけど。忙しそうだな。バイト漬けで身体大丈夫かよ。あんまり無理すんな」

そうは言われても、生活費を稼がなければなりません。このカラオケ店は時給がいいので、できるだけ長くシフトに入りたいのです。

「無理はしてないよ」

「よかったら助けてやるけど。生活面でも」

「お構いなく」

一馬はにたにたと笑っています。

「じゃあ本題。けっきょく死んだの？」

車を返したときに軽く話しておきましたが、日沙子おばさん自殺未遂事件の続きが聞きたくてたまらないようです。

「大奥様は」

驚くことに、大奥様は、僕が手を下さずとも亡くなりました。このようなことは初めてです。

「おばさんは？」

僕は首を横に振りました。

一馬はいきなりつまらなさそうに唇を尖らせ、長い長いおみ足を無造作に投げ出します。

「なんだ。リストに載ってないのか」

隣室から重低音が鳴り響いてくるのを感じながら、僕もため息を吐きました。面白くないのはこちらも同じです。そもそも、面白かったことなんて一度もありません。

「日沙子おばさんは清瀬の人間じゃない」

「へー、カワイソ。ずっとそういう扱いだったんだろ。おまえの父親みたいに。最期くらい、一族に入れて差し上げろよ」

「……清瀬家の最後には、必要な人間だよ、もちろん」

「やっぱ最後に殺しちゃうの？」

一馬は身を乗り出し、僕の言葉を待っています。目をそらすようにして、答えました。

「あの人がいなかったら喪主《もしゅ》がいなくなる」

僕が大奥様の喪主だなんて、ごめんこうむります。

あのあと大奥様には、首吊り自殺ということになってもらいました。

清瀬家の財力ときたら、地元の医者に小金を握らせて嘘の診断書を書かせるくらいは余裕ですし、別段、初めてでもありません。権力のある悪人なんてどこにでもいるのです。

僕はあの晩、日沙子おばさんを担いで隣家へ助けを求め、救急車で運ばれた日沙子おばさんは、なんとか一命を取り留めました。

僕は部屋のテーブルに片肘をつき、頬を押さえながら、思わずため息を吐いてしまいました。

そんな僕の様子を見て、一馬はさらに、にやにや笑っています。

「よっぽど逃げ出してやりたかっただろ」

僕が帰ってからやってくれたらよかったのに、と何度思ったことでしょう。

そもそも僕は、大奥様を殺すために、清瀬家を訪れたのです。

毎日飲んでいる薬袋に、薬ではない錠剤を一粒混ぜて、数日のうちに、眠るように死んでいただく予定でした。

清瀬家は山奥にあるので、屋敷のなかでは電波が届かず、携帯電話は利用できません。唯一の生命線である電話線も、到着後すぐに切断しておきました。準備万端でした。いったいなぜ、あんなことになったのやら。

ともあれ、日沙子おばさんには今死なれてしまうと後々《のちのち》面倒なので、救出しました。もし搬送先なりで死んだとしても、遺書があったので、僕が疑われることはないのを見越しての行動ですけれども。

向かい合っている一馬が、さて、と姿勢を正します。

「で、あの女はどうなの？」

「あの女？　ああ、レイちゃん」

僕が問い返すと、一馬はぷっと噴き出しました。

「『レイちゃん』」

口真似をされると無性に腹が立ちます。唐突に訊ねられれば、普段の呼称が口をついて出てしまうのは不可抗力というものです。仕方ないでしょう。そんなに嬉しそうな顔で覗き込まないでください。

「もしかして、ご飯作ってもらううちに殺したくなくなった？」

「何言ってて」

「そういう顔してたからさ。恨みとか忘れられるといいな?」

忘れられるはずがありません。リストのなかで、レイの名前はいまだ消されずに残っているのですから。麻野の娘、レイ。最後のひとり。

一馬は唸りました。うっとりしながら、

「いいよね、麻野。きれいだよな。とりあえずやりたい。すっげー支配欲満たされそう。どんな声で鳴くんだろ?」

「……一馬」

「怒るなって。それにしても、あんな美しくないやつを元に、よくあれほど美しい生き物が生まれたもんだ。畑がよかったんだな」

物言いが下賤《げせん》すぎます。

「まあ、父親似じゃなくてよかった」

麻野が死んだときの様子を思い出したのか、一馬はぶるぶると身を震わせました。なんだかおぞましそうです。

「キモペドホモ野郎を殺すなんて、全然美しくないし。どうせならきれいなものを壊したいじゃん」

一馬は、僕を指さして嬉しそうにけしかけます。

「早く殺そう！　何のんびりしてるんだ！　おまえの憎き敵《かたき》だぞ！　父親はさくっと殺したっていうのに」

「僕にも都合がある」

僕はストローを噛《か》み、ずるずるとメロンソーダを吸いました。忌《い》まわしい記憶は、こちらが油断すると呆気《あっけ》なく飛び出してきて苦しめてくるので、蓋をしなければなりません。

「それにしても、母親のみならず、息子にまで手を出すなんて、いかれた野郎だ」

一馬のせいで、僕は一気に思い出してしまい、吐き気を催《もよお》しました。弾けるメロンソーダで胃酸を押し戻し、ぴりぴりするのを誤魔化します。思い出させるために言ったのでしょう。ちょっと信じられないほどの性格の悪さです。

十二年ほど前の出来事になります。

よくレイに聞かせているあの怪談には、葬られた真実があるのです。

僕を捨てた母親は、そもそも子供の親権など必要ありませんでした。面会も、約束を破るのはどちらかというと彼女のほうで。一カ月に一度が、二カ月、三カ月に一度、となり、最後に会ったときは半年ぶりでした。「こんな人だったっけ?」と、まるで知らない女性に思えたほどでした。どんどん知らない人間に変化していく女性を、それでも母親だと思いたかった幼い僕の甘さには、今思い返しても反吐《へど》が出ます。父から面会するかどうか訊ねられて、僕はやはり会いたかったのです。

その日、母だった女性は見知らぬ男を連れていました。

麻野といいます。

何を隠そう、両親が離婚する原因となった不倫相手です。僕は帰りたくて帰りたくて仕方なかったのですが、母はお手洗いに行ってくると言い残し、ベンチにふたりで残されてしまいました。

仲良くしてちょうだい、と言われたため、僕は努力しようとした気がします。今でもそうですが、そのころの僕は輪をかけて馬鹿だったし、当時はまだ素直さまで残されていました。

だから仲良くしようと思いました。

仲良くしたら、きっとすぐ夕方になって、実父が迎えに来てくれるはずだったのです。

母があまりにも戻ってこないので、僕は麻野に手を引かれ、遊園地を歩き回りました。

彼女はお手洗いに行ったはずなのに、おかしい話です。

今でもあの、汗ばんだ手の感触を、この手に覚えています。

手汗がひどくて、こちらの歩幅などおかまいなしで、引き摺《ず》られるように歩きました。

仰いだときの、あの粘《ねば》ついた目。

遊園地の中の、てきとうな茂みに連れこまれて。

全てのことが終わったころには、僕はもうぼろ雑巾のようにくたびれていました。すごく長く感じたものの、時間としては一時間そこそこだったようです。

顔を殴られたりもしました。痣《あざ》と傷だらけになった僕の腕を母が摑んで、麻野となにやら言い争っていたのですが、帰りたいという思いしかなく、その辺りはあんまり覚えていません。とにかく麻野が怒ったように帰っていって、そして、そのあと――。

「おーい、生きてる？」

僕は、はっと目を覚ましました。

好青年の面を被った悪魔の共犯者が、僕をそれなりに心配そうに覗き込んでいました。

「意識トンでたぞ」

ほとんど一馬のせいなのですが。

メロンソーダがなくなってしまったので、僕は一馬の飲んでいるコーラを奪い取ります。

またずるずると吸い上げながら、

「方法に迷ってる」

と、呟きました。

「方法？」

「レイ」

「レイの？　殺害方法？」

それ以外に、誰の、何の方法だというのでしょうか。

僕の計画は、あとひとりで完遂《かんすい》するのです。コーラに浮かんでいるいけすかない檸檬《れもん》の切れ端を指先で摘《つま》みながら、頷きます。

「ちょうだい」

返事も聞かずに、僕は檸檬を口に含んで、こみ上げる胃酸を誤魔化しました。


「おい起きろ！　寝たら死ぬぞ！」

僕は目を覚まし、肩を揺さぶったレイへ、恨みがましく視線を上げます。今の台詞《せりふ》は、炬燵でうたた寝をする人間を起こすにあたって適切でしたか。

買い物袋をさげて、レイは台所へと戻っていきます。といっても戸を開け放しているため、ほとんど同じ部屋みたいにみえますが。

レイはこちらへ問いかけました。

「来てたのね」

今の、僕の台詞ではなく、レイの台詞でした。

あっけにとられました。おかしいな、ここは僕の部屋ではありませんでしたっけ。どうやらパソコンをいじるうち、眠ってしまったようでした。炬燵に移動した記憶がありません。

「レイちゃんこそ」

レイの顔を見るのは久しぶりでした。

どうやら家庭のほうでいろいろとあったようです。高校も、もう自由登校の時期ですので、登校している人間のほうが少ないのです。大学の入学準備でもしているのでしょう。

食材の入った袋を置いて、ぼうっとしている様子です。僕は立ち上がり、レイに近づきました。

「どうしたの」

背中をゆるく抱きながら、リボンで束ねた髪をそっと撫でたりしてみます。落ち込んでいるときのレイはわかりやすいので、わかりやすい慰め方が有効です。

「ん……なんか、立ちくらみがしてきて」

「風邪？　薬飲む？」

ちなみに大奥様に飲んでいただくつもりだった錠剤がひとつ余っています。

「いらない」

ですよね。

「……嫌なことでもあった？」

その質問を皮切りに、振り返ったレイの口から、次々と愚痴が飛び出すようです。

「ちょっと聞いてよ！　あの店長！」

ここ最近のレイの愚痴は、だいたいアルバイト先のオーナーであるセクハラ店長へ集約されています。父である麻野が生きていたころは、家族の愚痴が多かったのですが。

「店をメイド喫茶にするなんて言うのよ！　馬鹿じゃないの！」

「時代遅れだね」

「うるさい！　問題はそこじゃない！」

理不尽です。時代遅れなのはいいのでしょうか。

「だから、制服を変更しようっていうのよ！　馬鹿じゃないの！　潰れかけのとこ、奥さんが一生懸命やりくりしてんのに！」

レイのアルバイト先は、商店街にあるカフェです。レイはよく「潰れかけの茶店」と悪《あ》し様《ざま》に言っています。確かに、僕が店の前を通りかかる際も、さほど客が入っているとは思えないのですが、やはり潰れかけのようです。内容を聞いていると、潰れかけでも仕方ないと納得せざるをえません。

セクハラ店長にどれほど業を煮やしてもレイがバイトを辞めないのは、中学生の時に家出をして、年齢を偽って水商売の世界に飛び込もうとしたところを、偶然、オーナーの奥様に拾われたという恩があるから、だそうです。

「周りがまんざらでもなさそうで、なおさらムカつく！」

レイ以外の学生バイトは三名ほどです。まあ、ふつうの女子高生の気持ちを僕なりに察してみると、メイド服は嫌だったり嫌じゃなかったりという半々になるのも理解できなくもないです。レイはちょっと事情が違いますが。

勢いのまま、レイはまな板に包丁をがんがん打ちつけました。怖がって身を引いた僕が、なんとかやめさせようとしたとき、レイはぴたりと停止しました。

恐る恐る覗き込むと、なんと涙目になっています。怪我でもしたのでしょうか。

「レイちゃん？　だ、大丈夫？」

狼狽《ろうばい》する僕を見もせず、レイは包丁を持ったままの片手の袖で、涙を拭《ぬぐ》います。

「離婚しちゃえばいいのに」

「レイちゃん」

「奥さん、泣いてた……」

泣く気持ちは、痛いほどわかります。帳簿を相手に必死に悩んでいるのが、馬鹿らしくなるでしょう。

涙を拭いたら、レイはさっぱりした顔になりました。変わり身が早いというよりは、けっこうそうやって表情を隠すのが得意なほうです。

ほんとうはもっと泣きたいことくらいはわかります。不仲だった自分の両親の姿と重ねているのです。

「さてと、夕飯は？　わたしおなかすいちゃった」

いや、やはり変わり身が早い気がします。

けろりと泣きやんだレイは、早速食材の調理に取りかかるようで、腕まくりをしました。

「もしかしてもう食べたの？」

「ううん」

炭酸飲料の飲み過ぎで若干苦しいですが、きちんとした食事のほうが好ましいです。あんなジャンクなものを食べたり飲んだりしていると、頭の中まで添加物にまみれてしまいそうだと思うことがあるのです。

……というのは自身の胃袋を納得させるための言い訳に過ぎません。断るのは怖いので、自分によく言い聞かせ、胃袋に別腹を空けるほうがずっと楽です。

調理はレイ、調理以外の作業は僕と分担し、線引きした境界を、僕が越えることも許されません。レイがいるとき、台所はレイのものです。なので僕はレイを残し、パソコンで書いていたメールの続きに戻りました。

——殺したくなくなった？

画面に向かうなり、一馬が口にしたあの言葉が蘇ります。

そんなはずがありません。

誰も彼もを呪いながら自殺していった父が残した仕事は、あとひとりでやっと仕舞いなのです。清瀬家、春川家が断絶し、麻野や、他の何人かの関係者を人知れず殺害し……。レイ。最後のひとり。

ただ、殺害方法に悩んでいるだけです。でも彼女には当てはまる「罪」がなくて、だから処刑にも呼べなかったのです。

台所から、レイが部屋を覗き込んできました。

「ねえ、そういえば今度あんた誕生日だよね。生クリームって食べられる？」

「うん」

「わかった」

神妙な顔でそれだけを言って、また戻っていきました。

「あんたって、冬生まれって感じ」

それは、褒めているのでしょうか、けなしているのでしょうか。それとも事実を再確認しているだけでしょうか。僕は穿《うが》ちすぎですか。

僕の誕生日。

レイはその夜、かなり豪勢な食事を作り、誕生日ケーキまで自作してくれました。ケーキというものが自宅の台所で作れるものなのだと、僕はそのときまで知りませんでした。

炬燵の上に出来上がったビーフシチューやサラダ。

レイは台所でエプロンを畳んで、茶碗によそったごはんをふたつ持ってきます。炬燵の上に置いて、向かい側に座りながら、

「米でいいでしょ?」

文句など言うはずもありません。

「うん」

「誕生日、おめでとう。一昨年は知らなかったし、去年は過ぎてから言われるし。やっとお祝いできるねえ」

「……ありがとう」

「仕方ないから、今日は片付けまでしてあげる」

いえいえ、そんなことまでされたら明日には地球が滅亡してしまいます。

有り難くいただいていると、レイはふと、目を上げました。

「ビーフシチューでよかった？」

「え？　うん」

「そっか」

それからしばらく黙りこくって食べておりましたが、レイは何やら気になることがあるようで、ぼんやりしています。

「どうかした？」

「うーん……ちょっと味薄いかな？　何か足す？」

皿に盛って食べ始めているのに、今から何を足すのでしょうか。その具体的な作業手順について考えて、言葉を詰まらせていると、レイもまた少し考える風にして、僕を見つめていました。

強い眼差しに見据えられると、まるで心の奥底まで見透かされてしまうようで、内心、ひやりとします。

怯える僕に、レイは言いました。

「わたし、あんたの好きなもの、あんまり知らないかも」

「え？」

「好きな食べ物。好きな味。好き嫌いないよね？　わたしが作るの和洋折衷《せっちゅう》だけど、あんたもあんたで文句ひとつ言わずになんでも食べちゃうし。食べ物以外でも、何が好きとか嫌いとか、ちょっと主張しなさすぎじゃない？」

もしかして責められていますか？

食事の好みはありません。家庭料理の記憶自体もないのです。幼少期に引き取られた春川家ではまともな食事を与えられなかったので、ひもじいとき、木の根や草まで口にしていた記憶ならあります。

そんな経緯もあって、食事に関しての好みは一切ありません。美味しい不味いくらいはわかりますが、基本的に、満腹になればそれでいいのです。

食べ物以外。僕はこの世の何もかもが嫌いです。全部壊してしまいたいくらい。なかでも大嫌いなのは、白檀の香りです。嫌いなもののなかで、いちばん嫌いです。だからといって普段、白檀の香りが嫌いだとアピールする機会なんて特にありません。

「ねえ。何が好き？　ほんとは、何が食べたかった？」

「ビーフシチュー」

「ばか。真面目《まじめ》に答えてよ」

唇を尖らせながらも、レイは照れ笑いを隠しきれない様子です。わかりやすい娘です。欲しい言葉を欲しいのです。間違えてはいけません。

だから、

「なんでも美味しい」

なんて、いくらほんとうにそう思っているとはいえ、そんな直接的なことを口にしてしまった日には、しばらく根にもたれます。なんでも美味しいんでしょう？　といって何を食べさせられることか、わかりません。想像するだに恐ろしい結末が僕を待っています。

だからここは、

「ビーフシチューとサラダ。あとごはん」

と、多少恥ずかしかろうが、胸を張って答えるに限ります。なんて手のかかる子なのでしょう、赤面してあられもない状態になっています。

顔を真っ赤に染めたレイは、しどろもどろになりながらも、やがて、はにかみました。とても素直で可愛らしい、少し幼い雰囲気の笑顔です。いつもこんな顔でいればいいのに、とも思うのですが、普段の意地悪で得意げなニヒルな笑みも似合うので困ったものです。

「だったらいいのよ」

やれやれ。やっと緊張を解いて食事を摂れます。

ころころと変化していくレイの表情を眺めていると、胸の奥が軋むようで、どうにもたまらなくなります。君は、僕の、たくさんある嫌いなもののうちのひとつです。それなのにどうして、そんな風に笑うのでしょうか。レイが笑うたび、僕は泣きたくなります。

……僕はレイを殺すのを、やめたいのでしょう。薄々、気づいています。

千夜一夜物語を語ったシェヘラザードのように、レイの次に紡《つむ》ぐ言葉が気になって、この世界から存在を喪失させるには、もったいなく感じられるのです。これは大きな損失のような。

けれどそんなこと許されません。一馬にも、とても言えません。

曖昧なまま、この気持ちをどのくらい隠し通せるでしょうか。誤魔化せるでしょうか。僕は彼女を殺さなければなりません。始まったことは、終わらせなければ。

今日が僕の人生の中で、もっとも温かな日だとしても。こんな食事を、これまで食べたことがなかったのだとしても。

＊

かなり冷え込んだ、明け方のことだ。

雪が少しちらついてた。

何カ月か放置されていた火災現場に、おれはやってきていた。焼け残った柱や梁《はり》、基礎が、ようやくすべて撤去される予定日の、前日の朝。

実のところ、焼け跡には、頻繁に手を合わせに行ってた。

清瀬家の代々の墓は、墓寺の敷地内にあるもんだから、人目もあって行きづらくて。手を合わせてるのも変に思われるかもしれない。おれ、関係者じゃないし、処刑以外で、清瀬兄弟と接点がない。

車通りの少ない県道から、山の中の私道を軽く分け入ったところに、焼け跡がある。私有地だから、ほぼ人には会わない。自宅からも近いから、徒歩で行ってた。

そろそろ春に差しかかろうとしているのに、雪はまだだいぶ残ってた。焼け跡までの道は、うっすらと新雪が積もって、わかりづらかった。まだ薄暗くて、目を凝らさないと上手く進めない。

徐々に現場へ近づいていって、雪の上に足跡を発見した。誰だろう。いつ、ついた足跡だろう。できれば、他人とは顔を合わせたくない。昨晩のものだろうか。夜はあまり降らなくて、消えなかったんだろうか。

引き返したくなった。でもこのあとも予定がある。午後からは仕事で、翌日も来られない。明日には片付けられちまう。もう今しかない。

清瀬秀一と宗次の母親かも、と推測した。清瀬秀一の葬儀のとき、こっそり近くまで見に行った。ひどく憔悴《しょうすい》している様子で、蒼白だったのを覚えてる。

心細そうに弔問《ちょうもん》客へ礼をして、機械的に受け答えしてた。たまらなくなって、興味本位で見に行ったこと、後悔した。

そのあと、彼女が自殺未遂をはかったことに、納得しなかった人はいないんじゃないかな。今にも消えそうな雰囲気が、哀しかった。

けっきょく、そこの祖母《ばあ》さんも死んで、祟りだなんて噂してた連中も、もう口にしなくなってた。本物の祟りだったとしたら。怖くなったのさ。

足跡を上から踏む。

野道を分け入ったら、木々のあいだから、屋根が見える程度の距離だ。県道を走るとき、そういえば屋根が見え隠れしてたかなって、思い出してた。今はもうない。屋根は焼け落ちて、柱が突き立っていて、かろうじて、黒い炭になった梁や桁《けた》が残ってる。

それらを目印に、おれは雪道を真っ直ぐ歩いていった。はたして、木々の拓けた焼け跡には、誰の姿もなかった。やっぱり、夜のうちに消えるはずだった足跡が、残ってただけだったんだ、って少し胸を撫で下ろしながら、建物の残骸へ近づいていった。

警察の張った黄色いテープが、柱に絡んで、汚れてた。基礎の上を、頭上に気をつけながら、ゆっくりと辿る。足元を確かめて、うっかりこけないように、慎重に。

清瀬秀一が倒れていたという場所に、おれはしゃがみこんだ。

……やることなんて、ほんとに、手を合わせるだけさ。

横たわった木材の上に、持参した菊の花を、立てかけようとした。黒ずんだ木材の上に積もった雪が、ぐちゃぐちゃに踏み荒らされていて、おれは怪訝《けげん》に思った。雪と灰をかき混ぜるみたいに、憎いものでも踏みにじったみたいな跡になってる。

足跡もあった。木々の奥へ続いてる。

その先、少し離れたところに、人が立ってた。

緊張に身体を竦《すく》ませたおれは、その人物が誰だか察して、どうしていいものか悩んだ。

若い男だ。どうして隠れてたんだろう。

痩身《そうしん》で、上背がある。分厚い黒のコート。黒いニット帽に、大きな白いマスク。深い色のマフラーをしてるから、ひとかたまりの影みたいに見える。

眼鏡まで掛けてるものだから顔もわからない。おれ、人の顔覚えるの苦手だ。大人しそうな印象だったことは覚えてても、じゃあどんな顔って訊かれてもあんまり思い出せない。

「清瀬、誠？」

眼鏡ごしの瞳が細められた。マスクのなかで笑ったようだ。

「名前、覚えててくれたんだ。誠でいいよ。おはよう、久しぶり」

なんでか、声が弾んでる。

「……おはよ」

とりあえず、まだ生きててくれてよかったな、なんておれは思った。

でも……何だろう。違和感。最初の印象と違う。処刑場で会ったとき、一言二言、会話しただけなんだけど、存在感が希薄で、物を言わないイメージだった。けど今は声も明るくて、嬉しそうだ。ほんとうに同じ人間だろうか。

「時間いい？　よかったら朝ご飯、食べない？」

誠は、コンビニのビニール袋を投げて寄越した。

「あっぶな。なんで投げるんだよ」

「ごめん。でも、怖がられたら困るから」

「は？」

「とりあえず、『どうぞ』」

「え、ああ、うん。いいの？　ありがと」

レシートが一緒に入ったままのビニール袋から、からし入りのハムサンドとホットコーヒーをもらうことにした。ハムサンドは生温くなっていて、コーヒーも生温くなってた。風の当たらなさそうな木の根元のところに腰を下ろして、もらった朝ご飯を食べる。少し離れた残骸の隙間にうずくまって、誠もマスクを引き下げて、おにぎりを食べてた。

身にまとう雰囲気は変わらない。黙るとやけに静かそうになる。やはり同一人物だろう。前に会ったときは兄弟の手前、大人しくしていただけで、実はそんなに物静かな性分じゃないのかもしれない。

そういえば、処刑。

……飯時にあれを蒸し返すの、やだな。だからといって、ふたりで黙々と食事するのも妙な気分。おれたちって、いったい何なんだろ。それで、

「怪我とか、大丈夫だったか」

と、訊ねてみた。三口目くらいを頬張ろうとしていた誠は、意外そうに目を上げた。

「なにが」

「ほら、……えーっと、火事のとき」

「ああ。うん、平気」

「そっか。それならよかった」

おれが安心して息を吐くと、誠は、口のなかで小さくありがとうと呟いた。それから、また少し笑った。きれいな顔立ちによく似合う、透明な微笑だった。

何か、話すべきことがあるはずだ。切り出したい。そう思ったとき、

「でも、君があんなところにいると思わなかったから、目が合って、びっくりした。君って、前のときもそうだったんだけど、変なところに居合わせるというか……」

と、誠のほうから振ってきた。

そんなの、おれだって心底そう思う。変なところというか、大変なところというか。森のなかだからかな。雪が音を吸収して、鳥の鳴き声と、雪の落ちる音くらいしかしない。不思議なほど静かだった。

時間が経って、季節が変わって、思い出すのも辛くなくなってたのかな。処刑なんて、なかったんじゃないか、なんて。

いったい、何から話そう。おれは迷った。どうしてかな。言葉が見つからない。

それで、しばらく黙って食べてたんだけど、誠もまた何か、考えている風だった。で、

先に食べ終えて、すっと立ち上がった。まだ食べてるおれを軽く見下ろすかたちで、

「ゆっくりどうぞ。今度は、何も入ってないから、安心して」

「え？」

誠はひどく言いづらそうな表情で、

「『美味しい？』」

と、訊ねてきた。

＊

ポケットのなかに忍ばせてあった紙を、僕は取り出しました。いつか偶然にでも会ったときのため、ずっと持っていたものです。やっと返すことができます。

彼は、後退《あとずさ》ることもできず、ただただ呆然としています。無理もありません。少しずつヒントを出していたつもりですが、彼はどうも人が善《よ》くて鈍感です。

それにしても、妙な縁になったものです。

あの処刑のあと、そのときはまだ生きていた秋津へ確認したら、どうやらじゃんけんトーナメントに勝利をしたクラスメートだったそうです。まさかそんなことがあるなんて。

身代わりになったがために、僕と一馬が用意した処刑に巻き込まれて、まったくの無関係なのに、危うく命を落とすところでした。

逃亡した人間を捕まえたはいいものの、よく話を聞けば、どうやら別人らしい。

一馬は、面倒だからこのさい殺しちゃおうよ、などと明朗に言い放ちましたが、一馬はともかく、僕自身は殺人リストに載っていない人間は、できるだけ殺めない方針です。

眠っている彼を横目に、リュックを漁りました。財布のなかに入っていた免許証から本名を知り、どれほど驚いたか、きっと誰も、想像つかないでしょう。

一瞬、息ができなくなりました。

僕は彼の名前を知っていました。ずっと。

＊

ああ、そうか。と思った。

たとえば、怪文書を持ってきたのは、こいつだ。

金網を破ったあと、休もうと提案したのも。

誘導するみたいな言葉は、いつもこいつの口から出ていた。物静かで、余計なことを他に言わないから、たまに発する言葉が、奇妙な説得力を持っていたんだ。

処刑では七人だか八人を手に掛け、秋津を行方不明にして、その後、清瀬宗次、清瀬秀一を、事故に見せかけて殺害した、抜かりのない殺人犯。自殺に見せかけて、祖母さんも殺したかもしれない。清瀬家の祟りの、実行犯。

まさかと思った。

逃げなくては。

おれが逃げるべき相手は、こいつだったんだ。殺される。死にたくない。でも、腰が抜けて、その場にへたり込んでしまった。一歩も、後ろにさがれない。

「冗談……」

ポケットをまさぐって、誠が取り出したのは、家に帰ってからも家中をひっくり返して探した、おれと妹の写真。それを持っているのは、この世でたったひとり。眠らせたおれを、わざわざ駅まで送り届けた人物。

こいつにかかれば、こんなにも隙だらけのおれなんてとっくに死んでる……って思ったら、逆にちょっとだけ勇気が湧いた。そうさ、もしこいつがおれを殺そうっていうのなら、もう死んでるはずなんだ。殺す機会なんて、これまで、いくらでもあっただろ。殺されずにいた理由を知りたいのは、おれのほうかもしれなかった。

だからおれは先に問いかけた。

「なんでおれ、生きてんの？」

こんな間抜けな質問があっただろうか。実際は声まで震えてて、さらに情けなかった。腰引けてるし。今にも泣き出しそうだった。反対に、誠はくすくす笑っていた。

「殺さない。殺せるはずがない。怖がらないで」

それは無理だろ。誠は、見た目は、おれと年齢も変わらないような男だ。だが、殺人犯だ。息が止まりそうだった。歯ががちがち鳴る。

「ずっと会いたかった。会えて嬉しいんだ。実は、……待ち伏せてた。何度かここに来てただろ。だから、今日、来る気がして。お願いがあるんだ。聞いてくれないかな」

「……お、お願い……」

いい加減、辟易《へきえき》していた。巻き込まれる理由なんてないはずのおれが、どうしてこんなにも悶々と苦悩しなくちゃいけないんだ。安請け合いしたわけでも、自業自得でもなんでもない。じゃんけんで勝っちまっただけだ。ああもう、チョキの野郎がパーだったら。下手なこと言って機嫌でも損ねたら、あっという間にあの世行き。正直、断りたい！でも断れない……。

おれが承諾するまで、誠は無言のまま、こちらを見つめていた。目をそらせない。何の色も映していないような、透明な眼差し。殺人鬼の瞳。

誠はそっと、写真を差し出してきた。

「ごめん。つい盗んじゃった。返すよ。……妹さん、今いくつ？」

「……十二歳」

「可愛いね」

最悪の褒め言葉だ。

＊

春めいた風が吹いた気がして、顔を上げました。

卒業式に相応《ふさわ》しい晴天が、柔らかく広がっています。三月に入ったばかりだというのに、今日はずいぶん暖かです。

式がつつがなく終わり、僕は高校の門をくぐって、家路につきます。人より遅れて、やっと卒業できました。喜びよりも、脱力感に襲われています。

「おい」

人通りの少ない路地で、声に呼び止められました。立ち止まって振り返ると、一馬がいました。僕を捜して、走り回ったのでしょう。膝に手を置いて、肩で息をしています。

「一馬。抜けてきたの。友達はいいの」

僕は一馬以外に友達らしい友達はおりませんが、彼は華々しい高校生活を謳歌《おうか》しておりました。教室で名残《なごり》を惜しむのを早々に切り上げてきて、よかったのでしょうか。

「で、どうする？」

息を落ち着かせて、一馬は相好《そうごう》を崩しました。

「いつ殺す？」

慌てないよう、気をつけます。

「計画はまとまってる」

「俺がやってもいいよ。楽しみ。すごくきりいいじゃん。卒業だし。そろそろかなって」

「明日、連絡する」

立ち去ろうと踵を返した僕の背中に、

「せっかくあんなにお金かけたんだからさ、俺にも見せてくれる？」

「見せるって？」

「『レイちゃん』が死ぬとこ、その瞬間」

「……うーん、まあ」

「壊れる瞬間って、いいよな。首とか絞めるのもさ、抵抗して抵抗して、力尽きる瞬間、ふわって抜けてく、あの一瞬がさ」

「相変わらず悪趣味なことで」

「何かで刺すのとかでもいいけど。掃除が大変」

「絞めるのは、僕は嫌いだ。力が要るし」

女性の首ならば、それほどではないでしょうか。日沙子おばさんは大奥様の首をどんな風にして折ったのでしょう。僕は一度、別の男を殺害するのに首を絞めたことで懲《こ》りて、宗次の首を絞めるのは断念してしまいました。それに比べ、突き落とすのはとても楽なのでおすすめです。

「どうやって殺すの？　でも血を見るのもいいな。女の子と血って、絶妙」

「……『処刑』を完成させる。美学に則《のっと》って」

そう言うと、それなりに納得したようでした。

「それもいいな。ああ、そうだ、あそこ使えよ。蒼玉邸。じき、取り壊しになるし」

懐かしい名前の屋敷です。蒼玉邸をはじめ、一馬はこの計画に、相当の額を投資してくれました。一馬という後ろ盾を得たおかげで、殺人リストに基づく殺人計画は、ほとんど違いなく実行されました。まあ一馬がいなくてもやったとは思いますが、「処刑」はまず、彼なしには行えなかったでしょう。懐かしの舞台です。それにしても、わざわざ釘を刺しに来るなんて。

一馬はにたにたと愉《たの》しげです。

少し遠い目をしながら、

「俺はさ、『おまえ』が『レイちゃん』を殺す瞬間が見たい」


パソコン机の下に、抽斗《ひきだし》があります。あとから取りつけたもので、施錠できるようになっています。中に、古い手紙が入っていたことを、レイにはとうとう気づかれませんでした。

机に向かいさえすればすぐ気づかれる程度のお粗末な抽斗だったのですが、極度の機械音痴を患《わずら》っていたレイは、ここに座る用向きがありませんでした。抽斗の存在すら知らないでしょう。

鍵はいつも僕が持ち歩いていました。だから無闇に開けることはできません。ただ彼女が何をしでかすか、予想がつかないのは困りものでした。時折、ほんとうに想定外なことをされました。炬燵を出したりゲーム機を出したりは序の口です。想像の範疇を超えた奇想天外さに、たびたび困らされたものです。

僕の手にある、二つ折りの手紙。

殺人リスト。父が残しました。

この呪いのかかった紙を、僕はときどき、憎みたくなります。

しかし、妻を殺したと書かれた手紙を、僕が捨てられるはずも、憎悪できるはずもありません。母親を刺殺したという僕のいちばんの罪を被って自殺した父に、僕がしてあげられることは、この呪いを実行する以外にないのです。

懐かしい筆跡を指で辿っていると、玄関のほうで物音がしました。

呪いの途上で飛ばした名前の主がやってきた様子です。同級生とのお別れなどはいいのでしょうか。来るとしても、もう少しあとだと思って、油断していました。

リストをズボンの後ろのポケットへ突っ込み、僕はレイを出迎えるべく、ガラス戸のほうを見ます。明かりをつけていなかったので、夕方が近づいてきて暗く沈みつつある部屋へ、レイは疲れた様子で入ってきて、ぎょっとしました。

「え、なに？　引っ越しでもするの？」

「うん」

室内は、おおよそ片づいています。

このところレイが来なかったので説明する機会がなかったのですが、不要品は捨てたり、リサイクルショップへ売ったりして、必要な荷物はほとんど詰め終わり、段ボールが積まれ、家具も、寄せたり畳んだりしています。

がらんと殺風景になっている、四年間暮らした部屋。

レイは荷物を床に落として、呆然と立ち尽くしました。顔が青ざめているので、僕はゆっくり寄り添って、痩軀《そうく》を抱き寄せました。温かいと思いました。

僕は負けました。

最初は、麻野を殺害するため、レイを殺すために、留年までして彼女に近づけるよう画策し、レイの気を引いて、今の状況を作り出したのですが、いつの間にか、完敗していたようです。さんざん苦悩した挙句、もう負けを認めるしかありません。

一馬にはああ言いましたが、僕は、レイを手にかけられません。ほんとうなら、こうして抱きしめることすらしたくありません。僕の手は、血で汚れすぎているのです。それでも、この温度に触れたくなる。触れたら、この毒が移ってしまうと思うのに。

「どこに引っ越すの?」

「言えない」

「どうして?」

不思議そうな表情をするレイ。しかし、答えられません。連れていく場所を、誰かに明かされては困ります。特に一馬には、知られてはなりません。一馬から逃れるために、僕たちはこれから、どこへなりと消えなければならないのです。まあ、レイから一馬に話したりはしないでしょうが。

追われたとして、逃げきれるでしょうか。彼が諦めてくれるまで。

それでも今の僕の心は、今日という日の快晴の空のように、どこか晴れていました。

腕に抱いたレイが、くぐもった声をあげたのは、そのときでした。怪訝に思った僕が腕の力を緩めるなり、廊下へ飛び出して、トイレのドアを勢いよく開き、飛び込みました。

胃からこみ上げる異物が、喉を焼いて逆流する音。

「レイちゃん?」

トイレットペーパーに残滓《ざんし》を吐いて、流水音。

トイレのドアを閉じたあと、レイはふらふらと洗面所へ向かい、洗面台で口をゆすいで、顔を洗ってから、立ち尽くす僕のところへ、戻ってきました。

顔色は真っ青のくせに、どこか凜《りん》とした様子です。

「妊娠したの。あんたの」

いくら鈍感な僕だって、こんな、陳腐なドラマのワンシーンのような光景を目の当たりにすれば、嫌でもわかります。身に覚えだってあるのです。ちゃんと付けてたなんて言い訳は通用しません。レイに他の異性との性的接触はないと思います。もし僕の子供かどうか訊ねたりしたら、どんな刑罰を与えられることか。

……僕の子供。

誇らしそうに、不安そうに、幸せそうに、怖々《こわごわ》と立つレイを、僕はふたたび抱き寄せることにしました。今度はレイも、身を預けてきます。軽いと思っていた身体が、妙に重い気がしました。ふたり分だから、でしょうか。

腕のなかで、レイが小さく洩らします。

「愛したいよ」

産婦人科へ赴《おもむ》き、診察を受け、母子手帳をもらい、身体を気遣う日々を過ごす。どこかへ越して。生まれる子供が男か、女か。先生に聞くか、悩んだりして。

ごくふつうの、幸せな家族みたいな、淡い夢。

レイは知りません。知る由《よし》もありません。その子供が、まごうことなき殺人鬼の子供だなんて、想像すらしていないでしょう。存在してはいけない人間など、僕ひとりでじゅうぶんです。生まれながらにして十字架を背負わせる必要など、ありません。

「……レイちゃん」

「責任取りなさい」

「ん」

少し言葉に迷って、僕は、声を絞り出しました。

「あのね、一緒に、来てほしいところがあるんだけど」

「来てほしいところ？」

「うん」

静かに頷きました。

脳裏《のうり》には様々な光景が、走馬灯の如《ごと》く、浮かんでは消えていきます。いちばん深いところにある、黒く塗り潰された、どろどろと汚泥の溜まった、底無しの記憶の沼。レイの父に与えられた肉体的精神的苦痛。お化け屋敷の中、邪魔だからと言って僕の首を絞めてきた母。食堂のテーブルに置いてあったフォークを取り、咄嗟《とっさ》に母を刺したあの感触。息絶えていた父の姿。

さらに、春川家に引き取られてからのひもじさ、冷たさ。清瀬家の兄弟に召使いのように働かされた日々、秀一からの日常的な暴力に、宗次からの陰湿な虐《いじ》め。

腐臭とともに蘇る、父の墓を掘り起こした夏の夜。木を焼いて、焦げた木の根元に、骨をくくりつけました。あの舞台へのさまざまな準備。

リスト上の人物名を消す作業を行いながら、いつの間にか、一馬とともに、血に酔っていたようでした。自分が行き過ぎていると気づいても、後戻りはできませんでした。

逃してしまった男を山道で拾った熱帯夜の、吠え出してしまいそうなほどの歓喜。しかし、殺したかった男とは別人でした。それどころか……。計画は崩れ始めました。

けれど殺人リストには、呪いがかけられているのです。計画を立て直し、秋津、宗次、秀一。大奥様については、これも想定外でした。よく思い返すと、ままならないものです。

計画がどうあろうと、僕はあのリストを遂行し、何がなんでも全ての名を消し、完遂しなければなりません。見逃そうだなんて甘い考えでいる僕へ、これは神か、神でなければ悪魔からの、鉄槌《てっつい》なのでしょう。どんな例外も、認められるべきではないと。

深い呼吸を繰り返し、それでも、痛いほど打つ心臓の音は、なかなかおさまってくれませんでした。決意を固め、僕は彼女をしっかりと抱きしめます。

「レイちゃん、一緒に、行こう」

葬らなければなりません。これが、最後。

＊

清瀬家はもうない。

清瀬兄弟のお母さんが自殺未遂を繰り返して、その対応にあたった弁護士によって、あらゆるものが整理されて、屋敷も取り壊された。

あるのは跡地。意味わからないくらい広いだけの。所有していた山は、国か県かが一部購入して、五年後くらいに、高速道路が建設されるらしい。以前から土地の件で揉めてたらしいから、お役所側としては好都合だっただろうな。

こんな田舎、高速なんて通っても何の意味もないのに。

あの雪の日、誠にすべてを告白された。

亡くなった父親の残した殺人リスト、共犯者——一馬という男の存在、計画の全て。それが処刑に巻き込んだ償いとして、自分がせめて差し出せる秘密だって。

そんな重すぎる秘密をおれに抱えさせるなと、もはや誰に怒りを向ければいいのやら。諦めたけどさ。文句を言える人間はもう誰もいないんだからな。

あいつが死んだって？

気を引こうと思って、テキトーなこと言うな。

とっくに死んだはずだ。

町田で暮らしてるっていうのは、もし誰かから訊かれたとき、そう嘘を吐いておいてくれ、と言われただけだ。でも、あいつのこと訊ねるやつなんて、これまでいなかったたな。

清瀬兄弟のお母さん——日沙子さんは、清瀬家では誠の父親と同じように冷遇されていたから、誠への態度はともかく、誠の父に対しては、ときどき、同情心を見せる人だったらしい。リストに載っていない以上、誠は日沙子さんを殺せない。……おれのことも。

親殺しという罪を負った子供が、秘密を守るべく死んだ父のため、殺人を重ねていく。

初めて自分を愛してくれたレイという女性は、誠を悩ませるだろうけど、あのリストには強力な呪いがかかってる。止めることはできない。

……あの告白のときから、おれはなんだかやるせない。

もちろん、命を弄《もてあそ》ぶなんて許されない。あいつに同情なんてしたくない。でも……おれ、あいつの気持ち、少しわかる。だから、ふたりが、誠とレイが、もっと早く出会ってたらよかったのに。あいつが壊れる前に。もっともっと早く。そんなの、考えても意味ない。わかってる。

おれがこの事実を明かさなければ、全てはなかったことになる。処刑と同じ。どこかで、身元不明の人間が死んでいようがいまいが、おれに知る術《すべ》はない。今日もおれの知らない人が死んだり生まれたりしてる。どこにでもある話。

今のおれにできることは、ただ頼まれごとを実行するだけ。

同じ病院に入院してるしね、日沙子さん。妹への見舞いついでに、生存確認するだけ。

それだけで妹の治療費としてあれだけの額をくれたんだから、悪くない条件かな。「償い」として「秘密」を、「お願い」には「金」をくれた。あいつが継いだ財産。

死後の世界まで金は持っていけないし。

子供ごと、レイという女性を殺したら、全部終わり。

そういうことなのさ。諦めなよ、「一馬」。相手は亡霊なんだ。

……あんたも。

この世にいないものに囚《とら》われ続けて、迷ってるって、気づいてるか？　こんなところにまで流れ着いて。

まだ誰かを殺したい？

死ぬところがそんなに見たい？

あのさ。でもさ。人間の死亡率なんてぴったり百パーセント、切らないじゃん。

死は、全ての人間に、平等に訪れる。おれも、他の人間も、生き物である以上、遅かれ早かれ必ず死ぬ。え、納得できない？　話変わってる？　困ったな。バレた。

おれは、誠はもう死んでるって思ってるけど、たとえ生きていたとしても、おまえが殺さなくても、大丈夫。いつか死ぬよ。すぐじゃなくていいじゃん。それじゃ駄目《だめ》？

殺したい？

触るなよ。おれは、今はまだ死ねない。いつか、誰でも死ぬけど……。それでもおれ、二歳の時の事件後から眠ったままの妹ひとり残しては、死ねないんだ。

起きたとき、ひとりきりだって気づいたら、泣いちまうから。

＊

車窓の外は、吹雪《ふぶ》いていました。降ったり、やんだりを繰り返しています。フロントガラスに打ちつける雪とも氷ともつかないかたまりは、最大出力のワイパーに押されて、四方八方に散らされます。そのふちから世界は青く染まり、緑色をした電子の時刻は朝七時前を表示していました。

暖房をかけていてもどこからなりと冷えるのでしょう、助手席のシートを倒して眠っていたレイが、ぶるりと身震いをしました。

後方を確認したあと、道路の端に車を寄せて、ゆるく停車します。左手で、毛布を掛け直してあげます。すると、目を覚ました気配がしました。おはようなどの挨拶もせず、用件から入るのがレイです。

「南って、暖かいんだと思ってた」

南という方角だけで暖かいはずありません。

「無条件に暖かいわけじゃないよ」

おっと、口に出してしまいました。レイからは容赦のないツッコミが入ります。

「わざわざ言われなくてもわかってますけど」

なんて減らず口なんでしょう。

冬のあいだ、この辺りはずっと、深い雪に閉ざされています。昨日はもっと荒天で、高速道路出口の手前辺りでは、車七台もの玉突き事故が起きていました。

前方、後方を確かめ、ゆっくりと発進します。

「相変わらず、運転下手ね。起きちゃった」

「道が悪くて」

言い訳など、レイが聞いてくれるはずがありません。

「いつまでも道のせいにしてるから上達しないのよ」

おっしゃるとおりです。

「ごめん」

「お、今日も特価ね」

にやにやしながら観察しないでください。

「ねえ、何か食べるものない？」

「パンなら」

後部座席を示すと、レイは半身を起こし、助手席のシートを軽く起こしながら、背後を振り返ります。後ろに置いてある防寒具の隙間に菓子パンの存在を見とめて、考えるような表情です。

「好きじゃない」

そうでした。レイはパンが嫌いでした。

「ごめん。でも、何か食べておいたほうがいい。たとえパンでも、食べないよりは」

「人はパンのみに生くるにあらずよ」

レイは、二千年少々前に生まれたナザレ人の発した聖句を、得意気に口にしました。よほど食べたくないようです。悪魔からでも差し出されたのでしょうか。ということは僕は悪魔ですか。まあ、そうですね。

「なによ、文句ある？　どうしてせめておにぎりでも買っておかないの」

「ごめん。どこか寄る？」

「別にいい」

そっぽを向いた彼女のために、暖房の温度を上げて、

「少し先に、湖があるよ」

と言ってみます。すると、尖らせていた唇はどこへやら、すっかり機嫌を治しました。こちらを向いて、微笑みます。

「見たい」

「うん」

レイは前を向いて、雪に覆われた道の先を、目を細めて捉えようとしました。少し先と表現しましたが、車で走行する距離です。まだ見えません。

けれどその横顔の、まるでその先に希望を見いだしたような、きらきら潤んだ瞳が、僕は嫌いではありません。でも、この気持ちの正体を知りたいとは、思いません。

車は温かく、雪のなか、やがて見えるであろう湖を目指します。


処刑場として使用した蒼玉邸。もともと、風月村の宿泊施設だったものです。その厨房は、地下にあります。

風月村の閉鎖後、福利厚生施設として再利用する計画があったようですが、それが頓挫《とんざ》して、そのまま放置されていました。それを一馬が貰い受けたと言っていました。

処刑以後、何度か足を運びましたが、その都度清掃をしたわけではありませんので、建物の内部は、うっすらと埃を被っています。

後ろからついてくるレイの足元を気遣いながら、懐中電灯の灯《あか》りを頼りに進みます。

「すごいね、こんなとこあるんだ」

「かくれんぼでもする?」

お屋敷全部を使ってする贅沢《ぜいたく》なかくれんぼについて想像を膨らませ、僕たちは顔を見合わせて、少し笑いました。

階段を下りて、すぐが配膳室。さらに奥、片開きの金属製の扉を開いて、厨房内へ踏み込みます。右手の壁際にある電灯のスイッチを入れると、点《つ》きました。

ついてきていたレイが、驚いたように立ち止まります。

「え、電気?」

「自家発電があって」

もちろん、電力には限りがあるのですが、ここは地下で明かりがとれないため、上階よりも優先されています。

「ふうん……」

そう広くない厨房です。教室の半分くらいでしょうか。奥行きがあります。

　短い辺に、僕たちが入ってきた扉と、流し台がふたつ。真ん中に、大きなステンレス製作業台がふたつ。奥の作業台にはコンロが備えつけられています。長辺の壁にはオーブン、薬味切りなどの食品スライサーの入ったラック、食器棚。

　設備こそ整っていますが、肝心の調理器具は殆《ほとん》どありません。一揃いの包丁も、大型獣でも解体でもするのかといった鉈《なた》なども全て、金網をこじ開ける際に利用され、刃がすっかり潰れてしまいました。

　血飛沫《ちしぶき》を見たがった一馬の楽しそうな顔を、僕は思い出していました。処刑後、そんなに血が見られなかったと言って、恨み言を吐かれました。後日この場所をふたりで片付けたとき、血を拭うのがいちばん大変で、彼は自分の言動を深く反省していました。

　奥のほうへ歩いていく僕のあとを、レイが怖々とついてきます。

　奥行きのある厨房のさらに奥、壁と一体化している冷凍庫の扉を、レイへ示します。

　他者に対しての警戒心に定評のあるレイなのに、僕のことを信用しすぎだと思います。もう少し慎重になればよかったのに。

　歯痒《はがゆ》い思いで、僕は冷凍庫の扉の前に立ちました。背の高さほどの扉。古い業務用冷凍庫です。隣には冷蔵庫があって、ふたつの機械のあいだには、それぞれを動作させるこまごまとしたボタンやスイッチがついています。

仰々《ぎょうぎょう》しい金属のノブを握り、重厚な扉をガチャンと開きます。

電源を落として密封状態にあったそこは、四畳半ほどの広さに、空気だけが詰まっていて、がらんと暗い空間です。

奥から呼ばれでもしたのか、レイは僕が何を言うまでもなく、冷凍庫に入りました。こんな大きな業務用冷凍庫ですから、物珍しいのでしょうか。何が彼女をそうさせるのでしょうか。レイはぐるりと回って、周囲を見回します。

「潰れかけの茶店にこれがあったら、食材とかいろいろ、詰め込むの苦労しなくて済んだのになあ」

「バイト先、やめたんだっけ」

「うん……。けっこう奥さんを説得したんだけど、どんなクズでもやっぱり捨てられないんだってさ。惚れた弱味、なんて言われちゃったら、どうしようもないよね」

「わかるよ」

いっそ薄情になりきれない人間の愚かさというやつです。客観的に考えれば正しい選択を誤らないはずが、感情という化け物が邪魔をして、混乱させるのです。

化け物退治には大義名分が必要です。潰れかけの茶店店主の奥さまに、その大義はないでしょう。店主への情に打ち勝つためには、その先、展望がなければ、動けないのです。

動けないのなら、惚れた弱味に甘んじて、何もしないでいるのが楽なのです。

レイへの感情に惑わされてはなりません。僕には目的があり、衝動があります。

遠いエンジン音に、僕は呼吸を止めました。彼女を呼びます。

「レイちゃん」

「なあに」

「化け物が来た」

「化け物？」

「ちょっと倒してくるから、ここで待っていてくれる？」

そんな、こいつはいったい何を言っているんだ、なんて顔、しないでください。ちょっと傷つきます。僕だって、自分がどうやって彼女をこの場に置き去りにするか、上手い方法がないなあって、うんざりしているのです。

冷凍庫の奥にあった、プラスチック製の箱が椅子と成り得るか、レイは手の平で耐久性を確かめました。

「じゃあ、待ってる」

彼女の持つ直感力は困りものです。僕は彼女の座ろうとしている場所まで歩いていって、屈んで、彼女の片手をとって座らせながら、

「迎えが来るまで、内側からは開けないでね。けして」

と言いました。レイは俯いていた顔を上げ、ほのかに微笑みます。はにかんだ笑みは、よく似合います。僕は彼女に背を向け、

「誠」

と呼びかけられたために、足を止めました。

レイに呼ばれると、どうしてこう急ブレーキがかかるのか、きっと一生涯、謎のままなのでしょう。初めて会ったときからそうなのです。

僕は、麻野レイを捜して自宅を突き止め、近くにあったあの高校に入学しました。監視し、彼女を殺す機会を窺っていました。どうやら同じ高校に進学するかもしれないと知り、頑張って留年しました。そして一馬という後ろ盾を得て、「処刑」を計画し始めたころ。彼女に話しかけられたあのときから、僕は、レイに逆らえないし、浮かべる笑顔から目を離せないのです。

「待ってる」

いいえ。これで、さよならです。

返事をせずに、僕は背を向けました。

どれほど待たれようが、僕はもう二度と、ここに足を踏み入れません。奥に残したレイ

の姿を視界に入れぬよう注意をしながら、扉を閉じてしまいます。

分厚いので、声も外へは洩れません。外側から施錠します。

鍵を作業台の上に置いて、扉に背を預けて、指先に、痺《しび》れるほど残る彼女の温もりを、振り払おうとします。

なぜ別れ際に限って彼女は名前を呼ぶのでしょうか。きっと何か気づいているくせに。

息を整えて、僕は冷凍庫と隣接する冷蔵庫の、ボタンやスイッチの並んだ電源部を眺めました。僕の背くらいのところに黒い盤《ばん》があって、ここには数字が表示されるようです。その下にスイッチやボタン、つまみが並んでいます。古めかしい機械で、全てが手動です。

作動させると、ヴヴン、という重低音が、部屋全体を揺るがすほど重く、鳴り響きました。

「誠」

振り返ると、厨房の入り口のところで、一馬が呆然と立ち尽くしていました。

「終わっちゃったのか……」

「うん」

「なんで俺がいないときにやるの？　見せて」

「まだ」

「なんで」

「凍りつくまでは」

「……」

「氷漬けは、もっとも重い罰だ」

「ふうん」

「処刑の完成も近い。有終の美ってやつ。わかる？」

「自己満」

「そうともいう」

宗次の好きだった本の三十四歌では、地獄の底、悪魔大王が、罪人を六枚の翼で責め、冷風を送り、氷漬けにしています。最たる罪人は三人。ユダ、ブルータスと、カシウス。罪は裏切り。

腕組みをしている彼に近づいていき、彼の横をすり抜け、部屋の明かりを落とします。

「なんだよ。人がせっかく懐かしんでるっていうのに。ここ、半年ぶりくらい？　楽しかったなァ。毒入りスープ。でも入れすぎたかな。もうちょっとじわじわ死ぬのかと思ったら、あっという間でさ。おまえにも見せてやりたかったよ」

「死体は僕が埋めたんだから、別に。……それより、疲れた」

「ああ、お疲れ」

肩をぽんっと叩かれます。ほんとうに、疲れています。

「外の空気が吸いたい」

「えー、今から？」

「少しくらい、感傷的になったっていいだろ」

一馬はまた、つまらなさそうな顔で肩を竦めました。

「ふーん」

「散歩でもしよう」

「いいけど」


蒼玉邸を出ると、銀世界となった小道を東へ進みます。

いつか誰かが破った金網より少し奥、僕たちは湖のほうへ足を向けました。それほど遠くありません。徒歩で行ける距離です。山の中に、くだりの道が続いています。

雪はやんでいます。しかし雪雲は重く垂れ込めて、またいつ降り出すかといった危うい感じです。風は停滞。冷たいのに、暖かい感覚。

足元が困るほど暗くはなく、文字は読めない程度の明るさです。蒼の世界。

夜明けの時間が、僕は嫌いではありません。

冬型の気圧に極限まで冷やされた清廉《せいれん》な空気に胸を刺されながら、僕は懐中電灯で照らしつつ、一馬の先を歩きます。僕の足跡を辿る一馬は、その悪路ぶりに、白い息を吐いて嘆《なげ》きました。

「冬場はこんなに降るのか、ここ……」

「一馬はここで過ごしたことがないの」

「ないよ、遊園地で遊んだことも」

ここから西へ少しくだっていくと、風月村という廃遊園地があります。西洋風のテーマで造られた小さな遊園地。廃墟となった今では、無駄に雰囲気のある遺物に様変わり。

「処刑といえば、誠、あいつのことけっきょく、どうしたの」

「あいつ？」

「ほら、秋津の代わりに来てたやつ。考えるっつって、持ってってたじゃん」

「ああ。処理した」

「へえ。知り合いじゃなかったの」

「全然」

僕は彼の名前を知っていましたが、彼は僕を知りませんでしたから、「知り合い」の要件を満たしません。昔あった事件のため、彼は地元の有名人でした。新聞で、名前を知りました。悲しい美談。大怪我を負った幼い妹を庇った兄。

僕にとっては、美談というだけでは片付けられません。珍しい名前だったため、ずっと覚えていました。もう、十年も前の出来事なのに。

「……何笑ってんの？」

「別に。少し、思い出して」

「殺したときのこと？　どんなだった？」

「善人だった」

「ふーん」

彼を手に掛けるなど、できるはずがありません。素直そうで、思い描いていたとおり、人が善くて。

幼いころ、新聞記事を読んだとき、自分を顧《かえり》みず、大切な人を助ける人の存在が、無性に嬉しかった。憧れました。彼の存在は、ひとりぼっちだったあのころの僕を救いました。いつか、もし会えるのなら、ありがとうと伝えたかった。そんな日が来るなんて、思っていませんでしたが。

あの雪の日。会えて、心から嬉しかった。この人だと思うと、震えました。

しかし、むかしから彼を知っていたことは、言えませんでした。彼を前に、言葉にならなかったのです。あの澄んだ瞳。

……彼はまっすぐで、僕はけっきょく人殺し。この過去に、彼の同情を引きたいわけではないのです。僕のような人間が、幼いころ彼の存在に救われていようがいまいが、彼には関係ありません。むしろ、知ってしまえば気に病むかもしれません。脅して恨まれるくらいがちょうどいい。

彼には妙なお願いをしてしまいました。けれど煩《わずら》わせたいわけじゃない。頼りにできる人が他にいなかったためです。

湖のふちに到着しました。

天気が悪く、暗いので、一望はできません。

湖にはどうやら、氷が張っているようです。波はなく、雪が積もった氷の表面に明かりを差すと、きらきらと反射して、その奥に、湖の深い色を閉じ込めていました。

「凍ってる」

「さむい」

「でも気持ちいい」

氷のふちを踏みながら、ゆるやかな湖に沿って歩きます。伝わる冷たさが、爪先に響いて痛みます。

「……ほんとうに、『レイちゃん』、殺した？」

「そろそろ死んだんじゃない」

「見に戻っても？」

「心配しなくても、外側から施錠しておいたから、逃げられない。それに、レイちゃんは、僕がレイちゃんを殺そうとしていたこと、気づいてたはずだよ」

　攻撃は最大の防御といいますので、逃げられないと覚《さと》ったから、彼女は僕に近づいたのではないかと思います。

「死ぬ瞬間ってどうだった」

「待ってるって言ってた。……ばかだな」

「ばかなのは仕方ない。女の子なんだから」

　僕は、湖へと足を踏み出します。靴底でぱきりと氷の割れる音。体重がかかり、ぴしぴし割れて、粉々になりました。気にせず、もう一歩。

「行けるかな」

「どうしたんだよ。死ぬ気かよ」

「そうだよ」

振り返り、目を合わせました。

「本気で言ってんの？」

「もちろん」

一馬は咄嗟に踵を返し、僕に背を向け、慌てて走り出します。それはもう必死に。

連続殺人の共犯である彼が、死を目前にして生にしがみつき、逃げ出そうとするのは、なかなか興味深いものです。

僕は追います。

「やめろ！　来るな、来るな来るな！　なんで！」

殺されたくない、という気持ちが一馬にも存在するとは少し驚きました。

僕はそれなりに、このどうしようもない罪について、罰を与えられるべきだと考えていたのですが。

僕の足跡を辿っていた一馬ですが、それまで歩いた歩幅と、今走りたい歩幅は違っていて、そのうち、なんの跡もない雪の上を、一生懸命に走ろうとします。足跡のない白。冷静に考えれば、そちらのほうがよほど時間を取られるというのに。

肺を、凍てついた空気が刺します。鼻は折れそうなほど冷たく、耳も手指も悴《かじか》んで、感覚が遠ざかっていきます。聞こえるのは彼が全身で逃亡を図る、雪をかき分ける音。

今度は僕が、一馬の足跡を辿る番です。あっという間に追いついて、彼の着ているコートのひらめいた裾を摑むと、一馬は転がり、雪へと突っ伏しました。

うつぶせた一馬の腰に馬乗りとなり、後頭部を摑むようにして顔を起こさせ、彼が身体を捩《よじ》るのに合わせて、仰向けにさせます。

一馬の手の平が空を摑みました。その手を避けて、抵抗する一馬が僕を捕らえるよりも素早く、顎《あご》の下から拳《こぶし》を入れます。速度と角度が肝要です。脳震盪《のうしんとう》を起こすように。

短い悲鳴も、全ては雪が吸収するでしょう。

さて、とても静かになりました。

ぐったりとする一馬の身体を、背後から、両脇に腕を差し入れて、引き摺っていきます。途中で彼は気づいた様子ですが、どうやら動けません。意識がなくなれば好都合と思い、けっこう本気で殴りました。

「……やめろ、殺さないでくれ」

「大丈夫。怖くないから」

「死にたくない……」

一馬の頰を涙が伝いますが、これだけ気温が低いと凍ってしまいますので、泣かないほうがいいですよ、とは言いません。どうせ、涙も何もかも全て、雪解けまで凍るのです。

一馬が身を捩りました。動けるようになったのでしょう。脇から差し入れた腕を解いて転がり、捕まえようと一歩踏み出した僕に、低い体勢から突進してきます。

それを、いったん避けようとしたときです。右にそれた瞬間、左の脇腹に、違和感を覚えました。

振り向くと、一馬の片手に、大きめのカッターナイフが握られていました。刃は三センチほど。先が血に汚れています。コートを薙《な》いで、腹部にまで至ったようです。

斬られたと認識すると、痛みがやってくるのはなぜなのでしょう。

「っ……」

脇腹を押さえて、何かに触れました。刃先が折れて、刺さっているようです。

顔をしかめながら一馬を見ると、妙な間があきました。一馬が口の端を上げます。

「はは、こういうのもいいな」

形勢逆転とみて、さらに向かってきました。

突き出されたカッター。刃を左の掌《てのひら》で受け、衝撃が走りました。息を止めて、耐えます。

このくらいなら耐えられます。

熱が垂れて、手首まで濡らしました。親指の水かきに、刃が深々と刺さっていました。

貫通して、先端が見えています。なんという馬鹿力でしょう。抉るように抜かれると今度は、頭上から振り下ろされます。カッターからしたたった血がはねて目に入り、反射的にまばたきをしてしまいました。刹那《せつな》。出遅れた僕の左耳を、刃が削ぎました。

振り下ろされた刃は鎖骨にまで行き当たり、今度は力任せに首筋へと捻《ね》じ込まれます。熱い血飛沫に、ふたりともがまみれました。

抉られる前に、右手で、彼の手首を摑みます。手首を折るほど無理矢理に捻《ひね》ると、一馬は悲鳴をあげて、体勢を崩しました。刃は抜かれずに済んでよかった。引き抜けばおそらくすぐに失血して、意識を失うことでしょう。とりあえず手の平で押さえておきますが、血が止まりません。

一馬がふたたび雪上へ倒れ、仰向けになった彼の喉を、僕は空いた右手で殴り、さらに数度拳をいれて、気絶させます。

熱を堪え、片腕でなんとか引き摺りながら、昨日頑張って掘った穴の目印を探しました。雪を被った木。風で飛ばされないようきつく結んだリボンは、まだ木の枝にくくりつけられ、赤く、その位置を誇示しています。まるで僕を呼ぶように。

木の下で、一馬がまとっていたコートなどを、脱がしにかかります。身体がどんどんいうことをきかなくなって、寒さのせいもあり、全身、がたがたと震えます。早くしなければ。

マフラー、コート、セーター。といっても全裸にする趣味はありませんので、手早く脱がせて、使えそうなものだけ使わせていただきます。

一馬の身体。マフラーで両足首を厳重に縛り、コートを使って、後ろで両手を縛り、セーターで顔を覆って、うつ伏せに、穴へと横たわらせます。

盛っておいた土を、雪と混ぜながら、足からかけていきました。心臓の辺りには雪を多く。早く冷えるように。できるだけ苦しまないように。ときどき踏み固めながら、丁寧に。

彼はもう、目覚めることはできません。

最後に、セーターに覆われた顔に、土と雪をかけて、こんもりとなった土の上に、周辺に積もっている雪を、てきとうに掛けました。

体中から力が抜けていきます。

耳や首のところが奇妙に熱を持ち、脈動が乱れて、視界が黒ずんできました。

頰が冷たい……。

気づけば重力に任せて、一馬を埋めた傍らに横たわっていました。ひどく眠いのです。

このまま眠ってしまいましょう。

せっかくなので、空が見たい。仰向けに転がります。

ゆっくりと瞼を押し上げました。

……視界にひらひらと揺れる赤。ああ、そうです。あれを残してはなりません。僕にはまだ、することが残されていたのです。おちおち寝ている場合ではありません。相変わらずの主張の激しさですから。

力を振り絞り、起き上がります。ぐずぐずしてはいけません。

――待ってる

腕を伸ばして、枝に結びつけてあったリボンをほどきます。

僕の血に濡れても、染められることのない、鮮やかな赤。これを揺らしていた後ろ姿が、瞼の裏に浮かびました。

彼女の髪を束ねたリボン。これは彼女のお気に入りだったようですが、盗んでしまいました。返せません。僕のものにすることを、どうか許してください。欲しいものを手に入れることが、人生のうちで一度くらいあっても、いいでしょう。ごめんと言えば彼女はまた僕をからかうから、謝らないことにします。

……怒るでしょうか。なら、怒ってくれるといい。彼女が頬を膨らませたり、紅潮させたり、僕にしか見せない表情を眺めるのが、嫌いじゃなかったのです。僕を困らせて。そして、僕のために笑ってくれると、もっといい。

どんな笑顔も、彼女にはよく似合っていました。彼女が笑うたび、胸が苦しくて、泣きたくなりました。けれど、君は次にどんな風に笑うのだろう、と想像すると、たとえ泣きたくなったとしても、もう、ずっと見ていたかった。

湖に向かって、歩き出しました。

圧し掛かる雪雲の、濃淡のいちばん濃いところから、雪の欠片《かけら》が、ちらちらと降っていました。湖面を踏めば、靴底で、ぱりぱりと割れます。

一馬を埋めた跡も、僕たちが歩いた足跡も、全ては雪にかき消され、今晩には、なかったことになるでしょう。割れた氷も、また凍りつきます。

一歩、また一歩。

冷たい、という感覚は、ありませんでした。それは痛みと衝撃です。僕はそれらに強いほうだと自負しています。

氷を割って、膝くらいまでにきた湖の水が、体温を容赦なく奪います。

胸を撫で下ろすという感覚は、久しぶりです。こんなにも痛くて、そしてその感覚すら麻痺《まひ》しそうになっているのに、心はこんなに穏やかで。

雪が全てを消してくれます。あとは、約束を守ってくれるよう願いながら、絶えるだけなのです。きっと、彼なら守ってくれる。無条件で信じられる。会えてよかった。そんな存在がいることが、これほど有り難いとは思いませんでした。

やっと終わったのです。全てが。そう思ったら、急に吹雪いた湖面の上、誰かの姿が見えるようでした。お父さん、と呼びかけます。声が届くでしょうか。

地獄への道すがら、呪いを完遂できなかったことを、謝らなければなりません。僕はけっきょく、父を裏切ってしまいました。

涙を流す必要はないのに、熱が頬を伝って、止まりませんでした。

＊

ただいま。今日、寒いね。

……顔、見たくなってさ。へへ。おれ、妹の顔見る以外に、楽しみ、ないんだよね。今日は時間があるから、夜までいようかな。面会時間いっぱい。迷惑だったら帰るから、ぜひ起きて、そう言ってくれよ。

……さっき、ちょっと嫌なことがあったんだ。むかしのこと、思い出してた。祖父《じい》ちゃんから連絡があってさ、地方局から、取材を受けないかって、打診されたんだと。過去の事件を取り上げる番組のワンコーナーで、あの人は今みたいなのも兼ねてるだなんて、馬鹿にしてる。

地元じゃまだ、名乗るだけで「ああ」って顔されるのに、またさらされるなんて、とんでもない話。十年以上経ってるんだから、忘れてくれよ、いい加減。

なあ……、起きたらさ、びっくりするよ。

おまえが眠ってるうちに、何もかも変わってる。でも悪くない変化もあるからさ、目を覚ましたら、ひとつひとつ教えてやるよ。楽しみだな。

その日が、早く来ないかな……。

そういえば、このあいだの……秋くらいの話なんだけどさ。

兄ちゃん、一年くらい前に、ワケわからねえ事件に巻き込まれたって話しただろ?

それで、人が会いに来たんだ。というよりは、亡霊がさ、確かめに来たというか。

生きてる人間と変わらないような死人って、いるよな。見た目では、全然わかんねえの。

死んだときの姿そのままってことが多いから、病死とかだと特に、判別つかないやつ、すれ違ったりするよ。

それに比べて、救急や外科のほうったら。血みどろ。……って、誰に言っても理解してくれやしないってか、変なやつ扱いされるから、言おうとも思わないんだけどさ。

成仏、したのかな。恨みって、怖いね。

ふたりの最期は、どんなだったのかなって、ときどき、どうしようもなく考える。まあ、どうやって殺し合ったのか、ということになるんだろうから、嫌な気分なんだけど。だって殺人鬼の仲間割れとか、すげえスプラッター感じる……。

……まあ、いいか。おれの仕事は猟奇野郎たちのあれやこれやを考えてやることじゃないし。あいつらがどうなろうと、知ったこっちゃないね。

誠からの依頼の通りに風月村に行ったあと、教えられていた道をあがっていったときは、まさかと思った。

蒼玉邸。ミステリーツアーの宿泊地。青い外観の洋館。処刑場。胸糞《むなくそ》悪くなるくらい懐かしかった。

逃げ出したくなった。地下に厨房があってさ、真っ暗ななかに、冷凍庫だけが稼動してた。外側から施錠された冷凍庫の扉を開けると、密封された暗闇に、小柄な女性が座り込んでた。あのときの光景、よく覚えてる。懐中電灯で照らしたら、彼女は真っ青な顔を上げた。

冷凍庫は、全然冷えてなかった。それどころか、暖かいくらいだった。

予備電源とはいえ、稼動しているはずなのにおかしいよな。電源のところの表示を見たら、手動でＤＦにしてあった。霜《しも》取りってやつ。冷凍庫内のファンの氷を除去するためにある機能なんだけど、古い機械だから、自動霜取りじゃなくて、ずっとＤＦだったらそりゃ、暑くもなる。

身重だから、指示されたとおりに移動させたよ。暴れるかもしれない、なんて言われたから戦々恐々としたけれど、レイさんは、暴れる気配はなかった。

素直で、元気はつらつで、ちょっと意地悪だけど笑顔が可愛くて、よくおまえに会いに来てくれるレイさん、そのまま。誠から聞いてた話と違うから、拍子抜けしちまった。誠に見せてた顔と、そんなに違うのかな。なんか、想像できないや。

レイさん、記憶喪失なんだ。それで、少し性格が変わっちゃったのかも。ここ数年の出来事がおぼろげなんだってさ。特に、誠と過ごした時期を、上手く思い出せないみたい。

おまえ、レイさん好きだよな。なんとなくわかるよ。レイさんが来るとき、嬉しそうだから。おまえも、おしゃべりだったもん。起きたら、きっとマシンガン同士で大変だろうなあ、主に間に挟まれたおれが。

いつか話せる日が来るといいな。

そのときはもう、話せるくらい大きくなってるのかな。怖っ、あのレイさんの娘だろ、絶対おしゃべりだ。

そういえば、一昨日遊びに来てくれたとき、おれの顔見て、笑ってくれたんだよ。すっげえ可愛かった。いや、もちろんおまえがいちばん可愛いんだけど。

雰囲気は、誠に似てるかな。表情が豊かなのはレイさん似だ。

あ、そうだ。あとで日沙子さんの様子も見に行かないと。頼まれたことはやらないとな。先払いされてるし。

日沙子さん、少しずつ元気になってるよ。そりゃ、失ったものが多いから、元の通りにはいかない。でも、顔を見せるとちょっと笑ってくれる。嬉しいよね。

お、窓の外、雪、ちらついてる。今冬、初？　あっ、あのベビーカー、レイさんかな。今日検診だって言ってたっけ。あ、気づいた。やっぱそうだ。って、あっぶな！　頼むから、ちゃんと足元見てよ、手振らなくていいから！　もー、せっかちなんだよ、あの人。

おれ、下まで迎えに行ってくるわ。ちょっと待ってて、すぐ戻ってくるから。

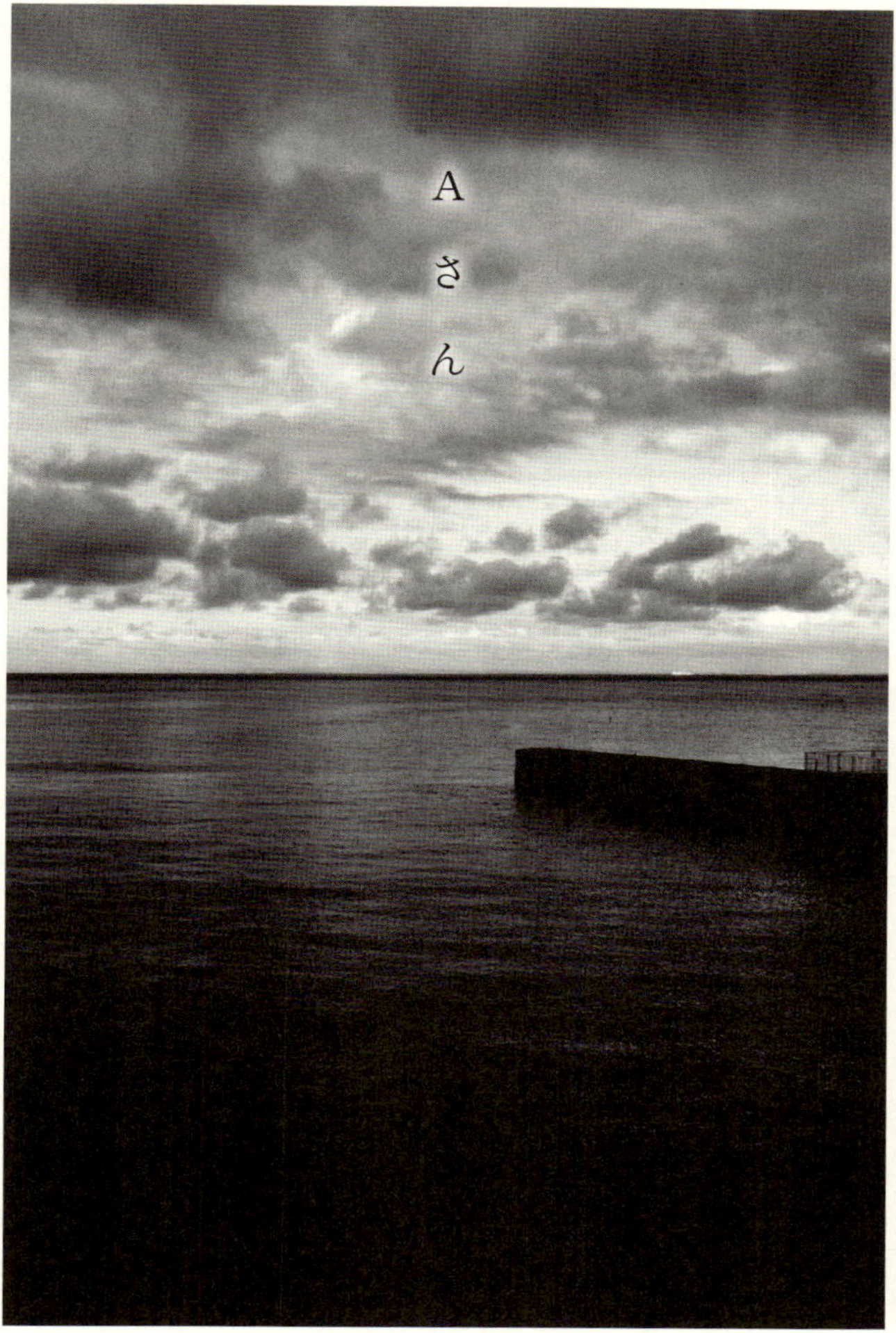
Aさん

昨日の晩、天気予報を見たときから、今日は朝からお風呂場の掃除をしようと決めていました。だからわたしは今、下着同然の格好で、ブラシを動かしています。一年ほど前に購入した中古住宅の、北西のお風呂場。細く開けた小窓から、鳥のさえずりが聞こえています。窓辺に置いたハーブのポットから漂《ただよ》う、すっきりとした香り。柔らかくぼやけた春の空。降水確率ゼロパーセント。予報どおり、いい天気になりました。日中は、もう少し気温が上がるでしょう。

わたしはむかしから、ぼんやりしがちです。けれど、ただぼんやりしているだけでは、生産性がありません。そのため、こうして浴室の床を擦《こす》る作業などは、きれいになるし、心まで休まって、一石二鳥です。いろんなことに思いを馳《は》せながら、ひたすら手を動かし続けるんです。ベージュのタイル、目地のピンク色の上を、白い泡が流れていきます。

掃除をしようと、ずっと思っていました。でもこのところ、何かと忙しくて、それどころではありませんでした。寒い日も続いていました。暖かくなるのならば、いい機会です。連日、誰かしらの訪問がありましたけれど、今日は久しぶりに、何の予定もありません。

ひと息ついて立ち上がり、換気扇の紐《ひも》を引きます。途端、洗剤のにおいと、こもっていた熱気が、あっという間に外へ流れていきます。きれいになったはずと期待をして、汲《く》んであったお湯を流しました。けれど目地に、汚れがまだ残っていました。

わたしはふたたびしゃがんで、洗剤を垂らし、ブラシで擦ります。ひとつひとつ丁寧に。何時間くらい経ったでしょう。気温の上昇とともに、肌からは汗が噴き出してきました。定期的にお湯を流し、擦っていると、ブラシの硬い毛が抜けました。力を込めすぎていたせいでしょう。ぬるぬるする指先からは、感覚が失われています。ゆっくりひらいて、とじて。

単調な作業に没頭していると、時間を忘れられます。そうしてふと顔を上げたときに、自分はなにか、大切なことを忘れている気がします。なんだっただろう。ときどき休憩を挟み、それを思い出そうとします。今日は特にお客様もなく、冷蔵庫にあるもので食事をすればよくて、何の予定もありません。忘れていることなんてありません。

そういう風に辿るうち、さいきんのことや、むかしのこと、いいこと、悪いことを思い出す羽目になります。あまり思い出したくない出来事が過《よ》ぎったときには、さらにむかしのことを思い浮かべます。そうすると、もう亡くなってしまったあの人との出会いに行き当たります。ふと思い出して、懐かしくなりました。不器用な人でした。

太陽が西に傾き、小窓が明るくなりました。蛇口《じゃぐち》からぽつりと垂れた水滴《すいてき》の音に、強く思い出したことがありました。

*

それは小さいころ、今から三十年ほど前の出来事です。

当時、わたしは海辺の市営団地で暮らしていました。潮風と年月がコンクリートを溶かし、自転車や鉄筋を錆《さ》びつかせ、その老朽化《ろうきゅう》ぶりは、いつでもいやおうなく郷愁《きょうしゅう》を感じられました。大洋から入り込んだ小さな湾は、とても穏やかでした。

両隣の町には漁港があり、ふたつの漁港にはそれぞれ、釣り人のひしめく突堤《とってい》がありました。よく釣れると評判でした。突堤は数キロにわたる砂浜を挟んでおりました。堤防から波打ち際までは、四十メートルほど。堤防から砂浜に下りてすぐのところには、防砂と防風の役割を果たす松が、肩を寄せ合うように生えていました。高いもので三メートル以上にもなる松は、近隣の小中学校で折々行われる記念式で植樹されるもので、わたしも何かの際に一株植えたのを、覚えています。すべてが立派に成長するわけではないと、説明されたことも。そしてわたしの松が風雨にさらされるうち、息絶えたことも。

現在もときどき、付近を通りかかります。当時の様子と、ほぼ変わりません。クリーム色の砂浜には、様々なものが打ち上げられています。流木、色とりどりのガラス片、波に洗われた白い貝がら。花火の燃えかす、靴や服。

さざなみを子守唄代わりに、わたしは育ちました。

市営団地の端には、ふつうの住宅との境目になる二級河川がありました。川の傍《そば》の団地側に、木が一本植えられた小さな公園があり、東公園といいました。東公園以外に公園がなかったため、この公園は、団地の東の隅に位置するのにもかかわらず、いつでも団地に暮らす人々の中心地となっていました。毎日のように、同じような年頃の、同じような家庭環境の子供が集合し、遊びました。公園にさえ赴《おもむ》けば、いつも誰かしら、遊び相手がいました。

自宅から、ほんのすぐのところに、同い年の女の子が住んでいました。名前をTちゃんといいます。たくさんの幼馴染《おさなな じ》みのなかで、いちばん仲良しだった子です。わたしは運動が苦手で、遊具で騒いだり、元気に走り回ったりするよりも、砂場でなだらかな山を造成してお城と銘打ったり、そのときどきに咲いている草花を摘《つ》むのが好きでした。Tちゃんも運動が苦手でした。だからわたしの作るお城の隣にはいつも、だいたい同じ大きさのお城が建っていました。今でも白詰草《しろつめくさ》を見るたび、ふたりしてそれぞれ花冠《はなかんむり》を作ろうとして、終わりかたがわからず、数メートルに及んでしまい、最終的にはどちらのほうがより長いか、競い合ったことを思い出します。

あのとき、一面に咲いていたはずの白の群生は、毟《むし》り尽くされ、すっかり禿《は》げてしまいました。懐かしい思い出ですが、白詰草のほうからすれば、たまらなかったでしょう。

わたしとTちゃんは、毎日のように公園で遊びました。悪天候の折は、互いの家を行き来しました。ふたりとも、市営団地の、世帯向けの建物に住んでいました。メゾネット式の、二階建ての長屋で、一棟に六軒連なっているものです。外壁は潮風にさらされ、ぼろぼろに剝《は》がれていました。内部も、たとえばときどき水道水に赤錆《あかさび》が混じっていたり、浴槽には追《お》い焚《だ》き機能がついているけれど、危険防止のための自動停止がなかったりしました。気をつけていなければ熱くなりすぎるため、入る前には必ず湯船に手をかざし、指先でそっと温度を確かめるよう、母からよくよく言い聞かせられたことを、覚えています。

玄関や勝手口のドアは、蝶番《ちょうつがい》や緩衝装置を頻繁《ひんぱん》に調整しなければ、勝手に開いたり、と思いきや、押しても引いてもびくともしなくなったりしました。そのように、外も内も朽ちて汚れた同じ型式の市営住宅が、電車の車両が連結して車両基地に並ぶように、規則正しく、たくさん並んでいました。わたしの家は、海にいちばん近い、なぎさに対して直角に建てられたI棟の、海からいちばん遠い角でした。隣の車両は、II棟。さらに向こう、三両目であるⅢ棟の、Ⅱ棟側の角が、Tちゃんの家。距離にすればⅡ棟の長辺、六軒分。ほんの目と鼻の先。ダッシュすれば二十秒も掛からない距離のところに、わたしとTちゃんはそれぞれ暮らしていました。

建物のあいだは広い幅のアスファルトの道でした。ところどころ穴があいてへこみ、路肩は削れ、左右の側溝には蓋《ふた》がなく、そのため、日中はとてもドブ臭かったです。ただ夜になると、立ちのぼるドブ臭さは、石鹸《せっけん》の香りによって洗い流されていきました。みんながお風呂に入るためです。

Tちゃんの家の、道を挟んで隣。Ⅱ棟の角。そこに、四十代後半から、五十代くらいの年齢の女性が、住んでいました。

Aさんとします。

Aさんの素性《すじょう》について、詳細をほとんど知りません。わたしの視点での「Aさん」しかわかりません。Aさんは、女性にしては背が高かったように思います。誰かが、「以前はもう少しふっくらしていたのだけれど」と、言っていた記憶がかすかに、わたしの耳に残っています。しかしわたしの映像記憶には、全身のあらゆる部位から、肉という肉を削《そ》ぎ落とした容姿しか浮かんできません。

団地の西に銭湯があり、家族でそこへ行くと、Aさんをよく見かけました。だからわたしは、Aさんがあばらの浮くほど痩軀《そうく》だったことを、はっきり覚えているんです。肌は奇妙に青白く、爬虫類《はちゅうるい》でいうとヘビ。虫でいうとカマキリかナナフシ。人間を爬虫類や虫に例えるのは、よくないかもしれません。しかし、他にどういえばいいでしょう。全体的に固そうで、ナイフで削った鉛筆にも似ていました。胴や手足は細長く、一重瞼《ひとえまぶた》の強面《こわもて》。表情はなく、目はどこを見ているのかわかりませんでした。能面でいうならば、頰《ほお》骨の張った桧垣女《ひがきおんな》のような。彼女に好んで近づこうとする人間はおらず、本人もそう望んでいるようでした。まとう雰囲気は常に、他者の介入の一切を拒絶していました。時折、夜に人が訪ねているのを見ましたが、Aさんに関わっていくのは、その人くらいでした。

「以前はあのようではなかった」という声もありました。しかしAさんが、その誰かの声の通りの「以前」に戻ることは、ついぞありませんでした。

近隣に住む者同士としての付き合いで、挨拶《あいさつ》を交わす程度の交流はありました。Ⅱ棟も世帯向けの建物でしたが、Aさんはひとりと一匹で暮らしていました。茶色い雑種の犬を、住宅の玄関についている二畳ほどの面積の庭で飼っていたんです。一抱えほどの大きさの木箱を横倒しにして、薄汚い毛布を敷いた犬小屋。建物の外壁を縦に伝う雨樋《あまどい》に、錆びた鎖で犬は繋ぎとめられていました。傍を通りかかるたび吠え立ててくる、凶暴で痩《や》せた犬でした。

＊

風のない晴天、初夏の日暮れどき。

わたしは公園にいました。鬼ごっこは苦手でしたが、Tちゃんがいないので、他の子の遊びに交ざっていました。でも、すっかり飽きていました。運動遊びはわたしのペースを慮《おもんぱか》ってくれません。

いつの間にか太陽は空を橙色《だいだい》に染め上げていました。遮蔽物《しゃへいぶつ》はなく、誰の顔を確認するにも目を細めます。頬に当たる西日は焦げるほどでした。

わたしは疲れていました。それでも、輪を抜けられません。団地の子供にもヒエラルキーがあります。もとより、運動が苦手なので、足手まといになりがちです。遊びに交ぜてもらえるだけよかったんです。そしてどれほど疲れていても、わたしがいちばんにやめることはできませんでした。そのうち、家が遠い何人かが、輪を抜けました。そこで解散になればよかったのに、まだ鬼ごっこは続く雰囲気でした。わたしは続けなければなりませんでした。それで、また公園のなかでばらばらに散ったときです。帰っていった友達が三人ほど、一目散に引き返してきていることに気づきました。

目を丸くしているのはわたしだけではなく、残った友達もみな、三人ともが必死の形相になって戻ってくるのを怪訝《けげん》に思い、足を止めて待ちました。

先頭を走ってきた子が、

「イヌ！　イヌくる！」

と、叫びました。三人のうち、最後尾となっていた友達の、さらに数十メートル後ろ。浅い茶色の毛皮がアスファルトを蹴って、弾丸のように飛んできているのがわかりました。ぐんぐんと距離を縮めています。Aさんの飼っている犬でした。

痩せ細って貧相な体つきの犬です。飼い犬は飼い主に似るという言葉がありますが、犬はAさんによく似ていました。頰のこけた、険しい顔つき。色褪《あ》せた赤い首輪をしているのが特徴でした。だいぶ前までは、油性ペンで名前を書かれていましたが、毛並みに隠れて見えないうちに、文字自体もかすれて読めなくなっていました。名前を知っていたような気もしますが、呼ばないうちに忘れたのかもしれません。

犬はいつも誰かに対して怒っていました。傍を通りがかろうとする人間の気配を感じると、木箱から飛び出して、金属の鎖は張りつめ、首輪は喉に食い込み、憎々しげに咆哮《ほうこう》をあげていました。苦しそうに吠え立てて、いったい何を必死に、訴えようとしていたのでしょう。

鎖はきょうは、外れていました。

咄嗟《とっさ》に、二歩先のジャングルジムへ手を伸ばしました。普段は、高いところは怖いし、手の平が金属臭くなるのを疎《うと》んで好んでは登らなかったのですが、肌で感じる緊急性が、わたしから好悪を忘れさせました。

上まで登って振り返ると同時、三人が公園に駆け込んできました。公園に残っていた友達はみな、高さのある遊具の上に登っていました。駆け込んできた友達は、空きスペースを探し、一瞬の判断で、三方向に分かれます。

犬が公園に飛び込んできました。男の子がひとり、ジャングルジムを目指してきていました。あと数メートル。犬は、どの目標を追うべきか悩み、速度を落としました。わたしは犬から目を離さないようにしながら、手を伸ばして、「はよ！　はよ！」と、急《せ》かしました。速くなりたかったのは、その子のほうだったでしょう。

男の子は、ジャングルジムに辿り着き、金属の枠に足を掛けて二段、三段、四段。その子が最後でした。全員が振り返って、視線を犬に向けます。犬は、だらしなく開けた口から、忙《せわ》しなく涎《よだれ》を垂らしていました。どの標的も捕まえられず、唸《うな》り声をあげます。彼の怒りと反比例するように、わたしたちは、ほっと胸を撫《な》で下ろしました。とりあえず、誰も犠牲にならなくて済んだのです。

そうしてわたしたちは、犬の動向を注視しました。犬は、ローラー滑り台に近づいていきます。先ほど追いかけられて駆け込んできたひとりが、いちばん低いところにいました。大きくカーブを描く滑降部の途上に、しがみついていたのです。目標物が散り散りになってしまったため、犬はもっとも近くにいた彼に狙いを定めました。ローラー滑り台の下から、逆走しようと試みたんです。実際、人のほうもそのように上ったのですが、犬のほうには難しいようでした。いくつも並んだ細いローラーが回って、犬の足先を転がしました。犬は諦め、傾斜する滑降部を支える柱の辺りをぐるぐる回りながら、ぎゃんぎゃんと吠えたてました。声をあげられるたび、しがみついている子は泣きべそをかきつつも、

「あっち行け！」

と、気丈に喚《わめ》きました。しかし、あっちへ行ってくれるはずがありません。その子の指先は、今はまだうまく、ローラー滑り台の両側をつかんでいましたが、いつバランスを崩して、滑っていってしまうかもしれませんでした。何とかしなければ。と思うのですが、打開策を、わたしは思いつきませんでした。

動いたのは、滑り台の上にいた、比較的年長の男の子でした。Tシャツをいきなり脱ぐやいなや、細長くねじり、ところどころ結んで、ローラー滑り台のカーブを、慎重に降り

ていったのです。

　そうして、泣きべそをかいていた子を、上へ促しました。半裸で、用意した服を、ぶんぶん振り回しました。その切っ先が、犬の頬を掠《かす》めます。犬は短い悲鳴をあげました。目に当たったのかもしれません。やった！　と、誰かが洩《も》らしました。あっちへ行ってくれないのならば、追い払うしかありません。方法は限られていますが、やるしかありません。わたしたちのあいだには、遊びでは得られないような奇妙な連帯感と、高揚感が生まれていました。

　犬はローラー滑り台を諦め、他の遊具のほうへ向かいました。公園から出て行く様子はなく、ただ遊具の傍を、うろうろ、ぐるぐると回ります。恨みがましく子供を仰ぎ、そうして、ときどき止まって、吠えました。攻撃に転じなければと思うのですが、武器に困りました。わたしは脱ぐことはできませんでした。やはり逃げるほうがいいのだろうか、と考えました。しかし、犬がいちばん遠いところにいるうちにこっそり下りて逃げ出そうとしても、見つかって追いつかれたら、噛《か》まれてしまいます。今も犬は、獲物を取り逃がすまいと唸りをあげています。ハッハッと短く吐く息のたび、涎が、夏草の繁る地面にしたたり落ちました。その場から動くこともままなりませんでした。しかしそのうち、帰りが遅いのに気づいた保護者が出てきて、それで事なきをえました。犬は追い払われたんです。

これでもう、帰ることができます。

気づけば、すでに真っ暗になっていました。

家路についたわたしは、犬の去っていった方向——Aさんの家の方向をふと振り返りました。Aさんの家はⅡ棟の角です。建物の敷地の隅に電柱が立ち、街灯がアスファルトを照らしていました。

白熱灯の明かりがぼんやりと届く道の奥、ふと人影が揺れた気がして、わたしは目を凝らしました。緊張が走りました。Aさんが、建物の影から顔を覗《のぞ》かせていたのです。影と半分溶け入るように。

Aさんはいつからそこにいたのでしょう。公園のほうを眺めていたのでした。視線が合いそうになって、慌《あわ》てて、家へ急ぎました。犬に追いつめられたときの汗が冷えて、背中にまとわりつきました。見られている。そんな気がしました。


獰猛《どうもう》な犬の扱いについて、Aさんに注意をした人がいたという話を聞きました。Aさんは、変なのがいたから、という弁解を口にしたそうです。変なのがいたから。——故意に、鎖を外した？

よくわからない理由でしたが、鬼ごっこをやめられたことには、少し感謝しました。

＊

犬事件から程なく、Tちゃんの家へ遊びに行く機会がありました。その日は家を出るときから曇《くも》り空で、一度公園に集まったものの、どちらかの家で遊ぼうということになったのだと思います。曇天《どんてん》は、重くのし掛かるようで、しかし明るく黄土色がかって、変に高揚するような、奇妙な雰囲気でした。

Tちゃんのお兄さんが作ったという室内遊び用ブロックでできたバイクが大作で、わたしたちはそれで遊んだり、ままごと遊びをしたりと、いつものように過ごしました。まだ明るかったのですが、わたしはその日、早めに帰ろうとしました。降り出さないうちに、と思ったのかもしれません。そのときはまだ、かろうじて降っていませんでした。

「ばいばい、気いつけてな」

と、送り出してくれるやさしいTちゃんの家の玄関を開け、手を振りながら、一歩出ようとしたときです。道を挟んで隣。Ⅱ棟の、Aさんの家。台所の窓。そこから、Aさんがこちらを凝視していることに、気づきました。目をそらし、もう一度見ました。やはりこちらを見ています。険しい顔つき。Aさんは普段からしかめつらでしたが、このときは特に、心底嫌悪しているものでも見ているような視線を、こちらに向けていました。道路を挟むだけの、ほんの三、四メートルしか離れていない位置。身動《みじろ》ぎもせず、まばたきもせず、まるでこちらを監視するように。

　彼女の面相は、それはそれは恐ろしく、わたしはたちまち動けなくなりました。年端《としは》のいかぬ子供を、あれほど憎らしげに見ることなど、あれから三十年近くを経ても、わたしには経験がありません。何か言いたいことがある、というのでもなく、唇《くちびる》は引き結んだまま。凍りついたわたしは、そろそろと身を引いて、Tちゃんの家のなかへ戻ることにしました。Aさんを気にせず、自宅に向かって踏み出すことはできませんでした。それでも、時間さえ経てば、きっといなくなるだろうと、そのときは思いました。

　戻ってきたわたしにTちゃんは不思議そうな顔をしました。子細は記憶していませんが、わたしは何か取り繕《つくろ》ったのでしょう。ふたたびTちゃんと遊ぶことになりました。

　しかし、心には怯《おび》えが残ります。いったん帰ろうとした気持ちを挫《くじ》かれ、まるで今すぐ帰らなければならないような気がするのに、Tちゃんの家から一歩出てしまえば、何が起こるかわかりません。これが、先日のように犬であったならば、逃げたら嚙みつかれます。しかしAさんがどういう行動に出るのか、まったく、想像できませんでした。Aさんが、玄関から飛び出してくるかもしれません。特に何もしないのかもしれません。今もただ、黙って見つめているだけで。

けれど、そのドアから踏み出して、外に出てしまったら、何か恐ろしいことが……。

いいようのない不安がわたしを襲い、気はそぞろとなり、遊んでいるはずが、泣き出してしまいそうになりました。それに、山で道に迷った旅人が山姥《やまんば》の家に辿り着いた話を、つい先日読んだことを思い出してしまったんです。ぴかぴかに研《と》いだ包丁。

「よく研いでおかないと……」

Ａさんの手元までは見えませんが、あの場所は台所です。

Ｔちゃんと遊んで、なんとか、三十分ほどが経ったでしょうか。もうそろそろ大丈夫ではないか。半ば希望を抱くかたちで、恐る恐る玄関へ向かいました。靴を履き、古く錆びたノブに触れ、ゆっくり回しました。心臓が激しく音を立てていました。蝶番が軋《きし》みました。どうか、Ａさんがこちらを見てはいませんように。と、切に願いながら、窓へ視線を向けるか向けないか。

わたしは、すでに、はっきりと気づいていました。肌にまとわりつく粘り気。Ａさんはまだ、その場からこちらのほうを見ていました。微動だにしなかったのかもしれないと思うほど、三十分前の状態、そのまま。黒目がちの双眸《そうぼう》。吊《つ》り目の一重。眉と眉のあいだに深く刻まれた皺《しわ》。

このままでは、何かが、起きてしまう。

どうしようもなくなったわたしは、Tちゃんに電話を借りました。自宅へ連絡をして、母に迎えに来てもらったんです。母が来たときも、Aさんは、こちらをじっと見つめていました。それ以来Tちゃんの家には、積極的には行かなくなりました。


犬の事件や、Tちゃん宅での出来事から、少し日が経ったころ、盛夏の夜半のこと。二階の四畳半の窓を網戸にして眠っていたわたしは、ふと目を覚ましました。カーテンが開いていました。明かりは落としてありましたが、月が出ており、晴れていて、ほの明るい雰囲気の夜でした。物音といえば開けた窓から入ってくる、さわんと打ち寄せ、さささと引いていく波の音。遠い虫の声。母はすぐ隣で、父は隣室で眠っていました。

目が冴《さ》えてしまったわたしは身体《からだ》を起こし、すぐ左手にある窓からぼんやりと外を見ました。半身を起こすとちょうど窓の外を眺められる、低めの窓です。開け放した窓の桟《さん》に指先をかけ、顎《あご》を寄せると、ステンレスの桟がひんやりとしました。

窓のすぐ下は広い道路ですが、車の通りはほとんどありません。視線を下に向けると、そこを、誰かが通っていきました。男の人でした。誰だろう、と思いました。行き先は、Tちゃんの家のほうだった気もしました。海を散歩して、戻ってきたのでしょうか。

ときどきTちゃんのお兄さんを筆頭とする、十代の若者たちが海で花火をして、夜通し騒いでいるのを知っていたため、もしかしたら彼らのうちのひとりかもしれない、とも思いました。ひゅううん、という音をたてて、花火を打ち上げるので、子供心には楽しそうに思えましたが、大人は渋い顔をしていました。花火の打ち上げ音は聞こえなかったので、もう終わってしまったのだろうと、少々残念に思いました。

*

「イヌ、死んでしもたんやって」

いつものように公園に集まっているとき、わたしはその話を聞きました。その日はTちゃんと、他の女の子と、砂場遊びをしていました。自宅から持参した赤の小さなバケツに水を汲んできて、渇いてサラサラする砂と混ぜて、泥団子に。わたしの作った泥団子は基本的にゆがんでいて、Tちゃんの泥団子はきれいな丸に作られていました。

「イヌって?」

Tちゃんが訊《たず》ねて、わたしが答えました。

「Aさんのイヌやろ」

Tちゃんはあの事件のとき、公園にいませんでした。もうひとりの女の子はあの日、滑り台の階段のところにいた子でした。

「前にな、Aさんとこのイヌがな、追いかけてきたん。むっちゃ怖かった」

「そうなんや」

わたしは、その子に訊ねました。

「イヌ、死んだん？　なんで？」

「知らんけど……」

その子は少し言葉を濁《にご》しました。それから、

「なんか、おとうさんがな、Aさんが、イヌのシタイ捨てとったん見たって」

と、躊躇《ためら》いがちに言いました。怖々《こわごわ》と、

「どこに捨てたんやろ」

と訊《き》くと、

「たぶんやけど、海」

と、その子は、答えました。

「急に死んでしもたから、変なもんでも食わせたんちゃうかって、言うとった……」

犬はいったい、何を食べたのでしょうか。

初秋の、涼しい暗夜。わたしは両親に叱られ、玄関先に締め出されていました。そうして、ドアに背をもたれ、座り込んで膝《ひざ》を抱えていました。罪名が何かは覚えていません。頑固で怠惰《たいだ》で、好き嫌いが極端で、さらに偏食でした。そのどれかでしょう。

締め出された直後は、泣き喚《わめ》いたり、怒ったり。しかしそのうちに泣くのも疲れてくるし、怒りも霧散《むさん》していって、物寂しくなり始めます。両親はそういう頃合いを見計らって、ドア越しに反省しているかと問いかけ、わたしはしくしく泣いて許しを請《こ》い、よしそれほど深く反省しているならば家に入れてやろう、という寸法です。

けれど、そのときのわたしは、ただじっと膝を抱えていました。まだ何か、怒っていたのかもしれません。辺りには誰もいませんでした。ときどきこうして締め出されると、近所で似たような境遇に陥《おちい》った子の泣く声が聞こえてきたりするのですが。

さざ波の音が大きく響いていました。明日は天気が悪くなる。そんな予感がしました。わたしはふと気配を感じて、顔を上げました。

目の前の道を、男の人が通っていきました。わたしはその人を見たことがありました。月が明るい夜に歩いていった、あの人です。今夜も、海のほうから。膝を抱え、少々緊張しました。この状況を他人に見られるのは、いささか恥ずかしかったのです。

息をひそめるうち、その人は遠ざかっていきました。こちらのほうなど見向きもしませんでした。歩いていきます。どこへ向かうのか、その背中を目で追いました。

海から陸に、東から西に、Ⅰ棟を過ぎてⅡ棟へ。方向としてはTちゃんの家のほう、その手前で、立ち止まりました。Ⅱ棟の角、Aさんの家です。そこには電柱が立ち、白熱灯がありました。男性の姿が照らし出されます。背は低く、小太りで、申し訳なさそうに身体を縮めていました。誰に申し訳なく思っていたのでしょう。

まだ子供をひとり、着の身着のまま外に放り出してもいいような気温の夜なのに、その人は長袖《そで》の赤いセーターを着ており、首もとからはシャツの襟《えり》が出ていました。ぶっくりと着膨れして、重くて暑そうでした。まるで罰でも受けているかのようです。何かそれほどまでに悪いことをしたのでしょうか。

男性は俯《うつむ》いたまま、Aさんの家の玄関の前に立ちました。ゆっくりとした動作で、腕を上げます。曲げられた肘、重たそうな袖から水滴がしたたっているように見えました。

わたしは、鼻から息を細く吸い込んで、一ミリも動かず、じっと窺《うかが》ってました。腕を上げたその人は、Aさんの家のドアを、トン……トン……と、少しの間をあけて、叩きました。叩くたび、ぼってりとたわんだ袖が揺れ、水がしたたりました。

しばらく経ちました。突然、ドアが荒々しく開かれて、Aさんが、ぬうっと顔を出しました。わたしは縮こまりました。あんまり長く出てこないから、不在だと思ったのに。離れているので気づかれないだろうと信じて、全身をできるかぎり小さくして、息を詰めて、どうか気づかないで！　……と祈りました。あのとき、こちらを見向きもしない男性より、Aさんに見つかるほうが、ずっと怖かったのです。

Aさんは、きょろきょろと周辺を見回しました。怪訝そうに顔をしかめます。眼前に黙って立っている男の人が、見えない様子でした。男性は、ずっとドアのまん前、Aさんの正面にいます。

Aさんは、ドアを強い力で閉じました。

男性はやっと気づいたように、上げたままの片腕で、さらにノックをしました。少し間を開けた、あの叩き方。

Aさんはもう、出てきませんでした。

そのうち両親のどちらかが背中から声をかけてきたので、わたしは家のなかに戻されました。反省しているのかを問われて頷き、いつになく無口になりながら、二階に向かいました。もう寝る時間でした。明かりを消して、閉まっていた窓を、少し開けて、Ⅱ棟のほうを見ました。

男性はまだそこに立っていました。わたしは窓を閉めることにしました。閉めるあいだも、大きく響く波の音に混じって、妙な間のあいたノック音が聞こえてきました。ひとたびその音の具合を知ってしまうと、耳が音を探してしまいます。振り払おうとしてもついてくるのです。窓を閉めたら、なんとか消えてくれたので、ほっとしました。母が部屋に入ってきて、窓を開けそうになったので、慌てて、

「そと、雨降《つ》っとった」

と、嘘を吐きました。わたしはこのころから、すでに嘘吐きでした。

*

冬のころ。公園に、四匹の子犬が捨てられていました。寒々しい木の下に段ボールが置いてあり、冷たい風に吹かれて、段ボールの蓋が冷たくよれて、くたくたと揺れていました。

何人かの子供で集まって、子犬を抱っこしてみたり、撫でてみたりしました。小さくて、温かくて、可愛《かわい》くて、可哀相《かわいそう》でした。この子たちは捨てられて、ここ以外のどこにも行かれないのだということを、幼心に不憫《ふびん》に感じました。

誰か飼えないだろうか。いったん家に帰って、親に訊いてみよう、となりました。最初

に子犬を見つけた子がその場にひとり残り、あとの子は自宅に戻りました。みんなが帰った手前、わたしもいったん帰宅しましたが、家では飼えないとわかっていました。ちょうど下の弟が、母のおなかのなかにいたんです。

それに、これまであまり動物と触れ合うことがなかったわたしにとっての「犬」のイメージは、イコール、Aさんのイヌでした。

公園に戻ると、何人か泣いている子がいました。そして、件《くだん》の段ボールと子犬は、いなくなっていました。Tちゃんがいて、泣きながら、説明をしてくれました。

残ることになった子がひとりになってすぐ、Aさんが現れ、珍しく柔らかい声で抱かせろとせがまれたこと。嫌だなと思って断ろうとしたら、Aさんが無理矢理段ボールを奪い、どこかへ連れていこうとしたことを。

Aさんは、止めようと腕に縋《すが》りついたその子を力任せに振り払い、堤防を上がって、砂浜に降りていったのだそうです。

その子は堤防の途中まで追いかけました。ですが大人から日頃、「勝手に砂浜に降りないように」と、厳重に注意されていたため、ひとりでは砂浜に降りられなかったのだそうです。

自宅から戻ってきた男の子たちがその話を聞き、一致団結して、子犬の救出に向かったところだ、ということでした。

わたしは、あの堤防の向こう側が、恐ろしくてなりませんでした。さざ波は変わらず響いていました。彼らはしばらくして戻ってきました。Aさんも子犬もいませんでした。

Aさんは、隣の町の漁港にある突堤まで行って、段ボールごと海に捨てていたそうでした。間に合いませんでした。事情を聞かされ、誰も、口をきけません。無言のまま帰途につきました。

家までの道を歩きながら、頭を過《よ》ぎったことが忘れられません。

もし子犬がAさんに投げ捨てられなかったとして、では、いったいどこへ行けたでしょう。そもそも団地では、ペットの飼育は禁じられています。Aさんは勝手に飼っていましたが、他の人は規定を破ってまで飼おうとしたでしょうか。下手をすれば、人間のほうごと追い出されるのです。

もちろん、失われた命を思うと、胸が詰まって痛みました。溺《おぼ》れたように苦しくなって、眠れない夜もありました。

けれど、責任を逃れられたと感じてしまったことが、切ない思い出の片隅で、目をそらせない染みになっています。

＊

わたしはそれから、市営団地を離れました。とはいっても車で十分程度の距離です。

市営団地は、古くなった建物を段階的に取り壊して、新しい団地に生まれ変わることとなりました。住民は取り壊しに応じて、ばらばらに引っ越しました。家を買う人、実家に帰る人、新しくなる団地に優先的に入ることが決まり、いったん別の団地に移る人。

先日通りかかった際、団地の横に、老人ホームが普請《ふしん》中なのを見かけました。以前、ひとり暮らしの老人の孤独死が、市営団地でもありましたから、そのことを思うと、老人ホームはいい場所だと思います。

東公園は、なくなりました。公園だった場所は、石畳の広場となりました。数本だけ植えられた木の足元にしか土はなく、あれほどあった白詰草も、ごく僅《わず》かしか咲きません。

Ａさんのその後について、噂《うわさ》で聞きました。

団地を解体する際、Ａさんは自分の家の解体日が迫っても立ち退《の》きを拒否し続け、役所とはずいぶん揉めたそうです。もとより病気がちで、程なくして、入院先の病院で亡くなりました。

Ａさんの遺体の引き取りを、親族は拒否したそうです。そして、Ａさんにはほんとうは旦那さんがいたのですが――そうでなければあの世帯用市営住宅へは入居できないはずだから、当然といえば当然なのですが――、いつの間にか姿を消していたそうです。

しばらくして、建物の取り壊しの際に、Ａさんの自宅のお風呂場から、白骨化した遺体の一部が発見されたというニュースが、地域紙の片隅に載りました。

ですがＡさんはそのときすでにこの世の人ではなく、事情はわかりません。

ただ、取り壊しの少し前に、こんなことがありました。


わたしが引っ越して、一、二年ほど経ったころのことです。わたしは小学生になっていました。放課後、団地出身の友達と一緒に、完全に空き家となった団地へ、遊びに行ったんです。

人の住まなくなった家は、朽ちるのが早いそうです。実際、それほどの年月を経ていないにもかかわらず、まるで放置されて何十年も経ったように、急速に古びていました。

建物が施錠されていることは知っていました。だからみんなこっそり、鍵を持ってきていました。わたしもまた、たてつけの悪いドアを開いて、かつて暮らした家へ入りました。

子供ながら、もう戻れない場所に寂しさを感じ、さよならの言葉を壁に書いたりと、自分なりの弔《とむら》いをして、やがて家を出ました。

　全員が公園に揃ったところで、誰かが切り出しました。

「Ａさん死んだんやって」

　みな、その子を見ました。

「なんで」

「病気やって」

　Ａさんの家も、そのとき、空き家でした。わたしたちは怖いもの見たさから、Ａさんの家に近づいていきました。わたしたちがこの辺りで暮らしていたころ、どの家よりも他人を拒んでいたＡさんの家は、家主を失ってもなお、異質な雰囲気をまとうようでした。

「はいれるんかな」

　玄関は施錠されていました。

「やめようよ」

　いちばん後ろから止めますが、

「大丈夫やって」

「怖がり」

「どうせ壊されるんやから」

と、前を歩いていく子たちは、聞き入れてくれません。

建物からみて、玄関の反対側には勝手口があり、そちらは玄関のドアよりも間口が小さく、造りも脆弱《ぜいじゃく》でした。経年劣化したドアは、もともとベニヤに毛が生えた程度のものです。ひどくたわんでいたので、蝶番をいじると、すぐに、ドアごと外すことができました。

わたしは入るのも怖いけれど置いていかれるのも怖くて、入っていく子を追いかけ、Aさんの家に踏み込みました。「うわっ、くっさあ」

Aさんのにおいが濃密にこもった暗い部屋。湿度が高く、妙なにおいがしました。犬臭さも残っていました。

「キモチワル」

「ぜんぶそのままや」

予想以上に不気味でした。分厚いカーテンで締め切られ、居間には敷布団が敷かれたまま、シンクには洗われていない食器が残されており、どこかで蠅《はえ》がぷうんと音を立てました。

「二階行く?」

誰かが提案しましたが、全員の心は、「もういいや」で一致していたように思います。

しかし、「じゃあ帰ろっか」と切り出そうにも、なんとなく消化不良な感覚に襲われていました。このままでは据《す》わりが悪いような。

　そこで誰かが、あっ、と声をあげました。奥を指さします。反対側に位置する、玄関のほうを。

「なんやねん」

「臭いし、開けよ」

「開くん？」

「むっちゃ固いんちゃう」

　ドアの調整を頻繁に行わなければならないのは、わたしたちの常識でした。だから今日訪れたそれぞれの家でも、ドアのたてつけはひどいものでした。

「開けてみよ」

　少し考えて、先頭の子が玄関のほうへ進んでいこうとしたときです。

　トン……トン……。

　全員が、会話を止め、息を呑《の》みました。顔を見合わせます。誰かが声をひそめ、誰に問うでもない様子で呟きました。

「誰やろ」

みんな、もし大人だったら勝手に入ったことを怒られてしまう、という顔をしていました。

誰かが、思い出したように答えました。

「あ、そういえば、あとで、Yが来たい言うてた。いっかい帰って、また来るって」

みな、胸を撫で下ろしました。

「おっそ」

先頭の子が笑いながら、玄関のほうへと歩いていきます。わたしは、

「待って！」

と引き止めました。わたしだけは緊張を解いていませんでした。思い出したのです。そのノックを耳にしたことがあると。しかしわたしの声は届かず、ドアは開かれました。

「え……」

先頭の子が、不審そうにドアを見やります。わたしたちもドアを見つめました。わたしは目を背《そむ》けたかった。けれど見ずにはいられません。わたしたちの前でドアは開き、はたしてそこには、誰もいませんでした。

いません。

誰の姿もありません。ただそこには、夕方の景色が淡々と広がっているだけです。Yく

んの姿もありません。空は橙色と薄紫色にグラデーションがかり、生温《なまぬる》い風が吹いていました。

「おらん」

います。わたしは知っていました。そこに、立っているはずなんです。そのときのわたしの目には見えませんでしたが、その存在を、ぼんやりとした気配を、感じました。そこには、水滴の垂れる袖を上げ、ドアをノックする人が、立っています。申し訳なさそうに、俯いているんです。

先頭の子が、不思議そうに首を傾《かし》げながら、ドアを閉めました。

「なんやねん、勝手に」

います。まだ。そのドアの向こうに。

トン……トン……。かすかに、なにか動物の息遣いのような音が、聞こえました。もう誰も、ドアを開けようとはしませんでした。Yくんはいません。みなわかっています。ドアを閉めた子は、慌てて鍵を掛けました。悲鳴はあがりませんでした。Aさんの家には、そんな奇妙なことが起きてもおかしくない空気が満ちていました。施錠の音が落ちて、静まり返ります。それからわたしたちはそっと、引き返しました。玄関の反対、入ってきた勝手口のほうへ。できるだけ音を立てないよう、呼吸までも気をつけました。わたしたちは間違っていたのです。この家には、入ってはいけませんでした。

無事に外に出ると、無言で解散となりました。帰り道、わたしはひとりになりました。暮れていく空の下を、自宅に向かってとぼとぼ歩きながら、名前を知らないイヌや、突堤から投げ捨てられた子犬、赤いセーター、シャツが、波間を漂うのを、思い浮かべました。彼らはさざ波に揉まれ、浮き、沈み、もとあったところへ帰り続けているのでしょう。


あとで来たいと言っていたらしいYくんは翌日学校で、

「お母さんが行ったらあかんって」

と悔しげに言ったあと、

「みんな教えてくれへんのやけど、入れへんかったん？」

と訊ねてきました。けれど他の子と同様、わたしも答えることはできませんでした。

＊

小窓の外は、いつの間にか夜の帳《とばり》がおりていました。暖かさはかき消え、寒さが戻ります。一段落して、わたしは浴室を出ました。時計を見ると、ずいぶん遅くなっていました。あと何度掃除すれば、染みついた汚れが消えるでしょうか。どれだけ擦ったらいいのでしょうか。目地はいつ、血を吸ったピンクから、白に戻るでしょうか。

Aさんは、海に捨てた死体が岸に打ち上げられないか、怖くなかったのだろうかと、わたしはずっと疑問に思っていました。イヌも子犬も、しばらくして、砂浜に流れ着いていたのが見つかったんです。死体でした。わたしだったら、そんな風に露見することが怖くて、海になんて迂闊《うかつ》には捨てられません。生き物の体は浮いてしまいます。打ち上げられるのです。だから沈めないといけません。物騒な映画などでコンクリートに詰めるのは、そういった理由です。腐敗し、ガスがたまるので、重しが必要でした。けれどそんな重量のあるものなんて、ふつうの生活をしていたら、簡単には手に入れられません。ではどうすれば？

いくら皮膚《ひふ》を溶かすといえ、家庭用の塩素系洗剤では難しい。よく聞くところでは、苛《か》性《せい》ソーダでしょうか。しかしそんなもの、いったいどこで入手できるのか知りません。

凍りつくような真冬、お風呂場で解体作業をしながら、思い出しました。Aさんのことです。Aさんの家に侵入したとき、白骨があったというお風呂場を確認していたら、こんなにも困らなくて済んだのですが。

浴槽で突然死した老人が、追い焚き機能を使用したままだったために、発見されたときひどい有様だった、という事故は、市営団地でも起きました。Aさんも、斬って、削いで、煮て……、そうして、海に捨てたのではないでしょうか。あそこの風呂には安全装置がついておらず、どこまでも熱くなりました。Aさんの家に侵入したときに見ておけばと、いまだに悔やまれます。突堤は、よく釣れると評判で、釣り人がいつもひしめいていました。もう二度と魚が食べられなくなりそうな話です。少しずつ捨てたあの人は、いまごろあの海で、藻屑《もくず》となり、餌《えさ》となっているのでしょう。寡黙《かもく》で不器用な人でした。

さて。汚れをきれいに落とさなければ。暖かくなる前に、完全に片付けなければなりません。お風呂は好きでしたが、浴槽にはしばらく浸かれていません。もう、鼻が曲がるところでした。何度か吐きました。浴室には、においも染みついてしまっています。暖かくなると、ハーブ程度では駄目《だめ》みたいです。もっと強い芳香剤を置かなくては。Aさんを銭湯でよく見かけた理由を、今になってわたしは身を持って理解しました。Aさんの家みたいに残したままではいけません。あとに残った骨はすべて砕いて、焼き捨ててしまわないと。

……誰でしょう。こんな夜更けに。

春の遺書

一

それを視界の端に捉えたとき、私は最初、花びら、と、思った。けれど違うようにも感じられた。親指の爪ほどの大きさの、薄い、白っぽい何かが、はらりと床へ落ちていったのだ。何だろう。

次に、どうしてこんなに眩しいのだろう、と思った。私は一、二度、瞬《またた》いた。明かりは消してある。レースのカーテン越しに、月が高く浮かんでいる。もやのような暈《かさ》が掛かっていて、輪郭《りんかく》はおぼろ。不思議な具合に明るい。

ベッドのサイドテーブルに置いてある目覚まし時計は、午前二時を指していた。私は寝返りを打とうとした。しかし、かなわなかった。指先も、何もかも、硬直して動けない。

金縛りだ。

……今、瞬いたのに？

窓のところに人影がある。——誰かいる。部屋の中に。

この家は、大きな日本家屋の母屋と、小さな平屋建ての離れがふたつある。私は西の離れで寝起きしている。こぢんまりとしていて、六畳と四畳半の二間しかない。四畳半は、遠方の大学近くでひとり暮らしをしている兄の物置。私の部屋が六畳間。

東の離れに、姉の部屋がある。どちらの建物も、外出時や就寝時の施錠は怠《おこた》らない。今夜も、内側から鍵を掛けたはずだ。外鍵は母が持っている。もし母だとしても、入ってきたのならば一声かけるだろう。

――誰
泥棒だろうか。変質者だろうか。窓辺に佇《たたず》んでいる猫背。

見覚えがある。

――……あれ、康二郎《こうじろう》さん
祖父の弟、大叔父である大橋《おおはし》康二郎。つい先日、葬儀をあげたばかり。この世にいないはずの人だった。夢でも見ているのだろうか。透けている。

部屋の隅に、荷物が積んである。康二郎さんはその辺りをうろうろと歩き回り、不意に荷物を覗《のぞ》き込む。それらは、亡くなった祖父から譲り受けた品々だ。そこで康二郎さんは、何かを探しているようだった。何を探しているのだろう。

ふと、動きが止まった。こちらの視線に気づいたような、そんな気配がする。ゆっくりと振り返る。目をそらすことができない。

彼の瞳からは、大粒の涙が溢れていた。哀しげな表情の上を流れるに任せ、拭《ぬぐ》いもしない。悲壮が、顎《あご》へと伝っていく。

どうして泣いているんですか、と問いかけようにも、私の身体《からだ》はぴくりとも動かない。

窓からは月明かりが差し込んでいる。

彼が唇《くちびる》を開く。すると口から、何かがこぼれた。それは紙片のようだった。ひらひらと舞う。指先で細かく千切られたみたいに、いびつな形をしていた。

——……くれ

涙と紙片が、足元へこぼれていく。

二

二カ月ほど前にさかのぼる。

二月下旬。

晩のうちに三センチも積もった雪のせいで早朝からダイヤが乱れ、予定より三十分も遅れて、私はI駅を降りた。電車も駅も大変な混雑ぶりだった。ロータリーに出る。時計台の前に立ち止まり、満員電車に揉まれて着崩れた服装を正す。ほっとして吐いた息が白い。

底冷えに身を震わせる。受験日まで風邪を引かないよう、気をつけなければならない。

　街路マップをみとめ、I市立総合病院の位置を確認する。この距離なら、徒歩で十分もかからないだろう。聞いていたとおりだった。

　祖父が倒れたのは、十日ほど前の夜。脳卒中だった。会社から、すぐに病院へと運ばれた。連絡を受けて、家族で病院に駆けつけた。それからずっと入院している。

　あのときは車だったが、今日は私ひとりでお見舞いのため、電車と徒歩だ。

　――高校受験はもちろん大事だけど、顔を見せてあげてちょうだい。仕事もできなくなるし、寂しいでしょうから
　両親はそう言って私をせっついた。しかし私はお見舞いに行きたくなかった。今も、歩みは遅い。渋るのは、竦《すく》んでいるからだ。両親は大人だから、祖父に残された時間の短さを、割り切ることもできよう。だが、私はまだ受け止められない。

　病院までは、駅前の通りを直進だった。

　雪はやんでいるが、空はほの暗い。アスファルトは濡《ぬ》れていて、薄氷が溶け崩れて、また固まっている。路傍《ろぼう》に、きれいなままの白が少し残っていた。

　無理矢理にでも気持ちを奮《ふる》い起こさなければ、怖気《おじけ》づいている心が、簡単に足を止めてしまいそうだ。しっかりしなければ。祖父の辛さに比べれば、私の苦しさなど、取るに足

らない。

祖父は会社を経営している。若いころに興《おこ》して、年月を経て、家族に支えられながら、個人商店から小企業くらいにまで成長させた。何よりも仕事を優先して生きてきた。倒れたときも会議中だったそうだ。

小さいころ、私とはよく遊んでくれた。たいていの場合、遊び場所は本社事務所の隣室、社長室だった。どう考えても邪魔者である小さな私を、いつもとびきりの笑顔で迎えてくれた。祖父がせかせか働いている様子を、用意された椅子《いす》に掛けて、頬杖《ほおづえ》をついて眺めるのが好きだった。

倒れたのが、二月中旬。そのときは、一命は取り留めた。昏睡《こんすい》状態ののち、数日後、意識を取り戻した。だが麻痺《まひ》が残るらしい。これまでのように仕事はできない。とうとう社長業も引退かと、親族の会社役員たちが今、話をまとめているところだ。

やがて、病院に到着した。正面口から入る。総合受付に響く、咳き込む音。私はマフラーを引き上げながら、病棟のほうへ足を向けた。病棟の受付で名乗ると、病室を教えてくれた。どうやら、駆けつけたときと同じ部屋のようだ。ノックをすると返答があった。

「失礼します」

膝《ひざ》上での書き物から顔を上げてパイプ椅子から立ち上がった康二郎さんと、目が合う。

祖父の弟だ。彼は驚いたように、目を見開いていた。

「若葉《わかば》です。こんにちは」

名乗りながら軽く会釈《えしやく》する。

「こんにちは。ああ、そうか。若葉か」

康二郎さんは目を伏せながら、口角を少し上げた。どうやら笑っているつもりだと気づく。祖父は豪快に笑うけれど、彼は笑顔を知らないみたいに、表面的でぎこちない。顔立ちは祖父と少し似ているのに、性格がまったく異なっていて、受ける印象が全然違う。

「寒かっただろう」

淡々と穏やかな、低い声。声はそっくりだ。

十日ほど前の夜明けごろ。祖父の危篤《きとく》を知らせて、始発で駆けつけたのが、この康二郎さんだった。祖父の会社の仙台《せんだい》営業所で所長を務めている。こちらへ来てから、仙台へ戻らず、病院の近くにあるホテルに宿泊して、ほとんどの時間を病院で過ごしているという。

パイプ椅子に促され、ベッドへ近づく。元気なときを知っているだけに、この短期間でたちまち痩《や》せ細って萎《しぼ》んでしまった祖父の顔を見るのが、怖い。

「おじいちゃんは……」

「寝てる。座ってなさい」

マフラーをほどいて、上着を膝に抱える。掛けたパイプ椅子には温もりが残っていた。足元に小さなヒーターがあり、寒空に凍りついていた身体が解凍されていくようでほっとする。気づけば、康二郎さんは病室を出て行ったあとだった。気を利かせてくれたのだろう。

「おじいちゃん、若葉だよ」

あまりにも唐突に目を見開かれたせいで、私は飛び上がって驚いた。

「お、起きてたの？」

「わかば」

呂律《ろれつ》が回らないようで、名を呼ぶ声は頼りない。動くほうの腕が伸びてきて、ふわりと宙を掻《か》く。私はその手を受け止めた。よくキャッチボールをしてくれた、皺《しわ》だらけの乾燥した手。

「元気になってね」

目が合って微笑《ほほえ》んだ私に、祖父はまったく予期せぬことを口にした。

「納戸《なんど》をやる」

「え？」

「『納戸』」

「もしかして、軽井沢《かるいざわ》の？」

ん、と祖父は小さく喉を鳴らした。自宅の納戸ではなく、私と祖父のあいだだけで通じる、軽井沢にある別宅の納戸。そこには心惹かれるものがたくさん詰まっていて、私はむかし、あの場所を欲しがった。

でもまるで、これが最後みたいで嫌だ。

「やめてよ。……もらうけど」

と言うと、祖父は安心したように笑った。私は喉にせりあがる熱をやり過ごし、無理にでも笑うことにした。懐かしい思い出が過《よ》ぎり、涙腺《るいせん》が緩んでしまいそうになるのを、懸命にこらえる。祖父は泣く子供が好きじゃない。そして、女の涙とはここぞというときのみ使うのだ、と、むかしからよく言い聞かされている。

祖父が亡くなったのは、三月に入ってすぐ。二度目の発作には、耐えられなかった。

三

三月中旬。午後。部屋で過ごしていると、携帯電話がけたたましく鳴った。母だった。

仕事中だろうに、どうしたのだろう。

——若葉、知ってたら教えてほしいんだけど
緊迫した声。せっかちな母はいつもそんな風に喋る。

「何を？」

——亡くなる少し前に、おじいちゃんのお見舞いに行ったでしょ。そのとき……康二郎さんから、何か聞いたりしなかった？

あのお見舞いの日から半月ほどしか経っていないにもかかわらず、ずいぶん以前の出来事のように感じられた。様々なことに追われたからだろう。葬儀とは死者を悼《いた》むと同時に、送る側が悲しみに沈みすぎないよう、忙《せわ》しさを与えるものなのかもしれない。

「特に何も聞いてないけど」

——そう
「何かあったの？」

少しの沈黙ののち、声のトーンを落として、

——……康二郎さんがね、仙台に帰ってないんだって。ほら、橘《たちばな》さん、わかる？

と、問われた。「うん。仙台の」

橘さんは、康二郎さんの部下として働いている、仙台営業所の人だ。五十代後半のおじ

さんで、たしか営業部長だった。

母が言うには、その橘さんから数日前、本社へ連絡があったらしい。

――うちの所長は、いつごろ戻りますか。携帯が通じないんですが
仙台に戻っていない。しかし、こちらにもとうに姿はない。

橘さんの言うとおり、康二郎さんの携帯電話へ連絡をしても、一向に繋がらなかった。電源は切られており、メールをしても返事がない。

いったい、いつの間に、どこへ消えてしまったのだろう。

祖父の火葬の際には姿があった。よく思い起こしてみると、火葬後、祖父の家へ戻ってからは、見ていない気がする。しかし姿が見えずとも、特に誰も、変には思わなかった。おそらく仙台に戻ったのだろうと、それぞれ納得していた。

それも無理はない。祖父――社長が存命であれば、何よりも仕事を優先しなければ許さん、と怒鳴られる。

そんな祖父の厳しい戒めを、康二郎さんは忠実に守っていた。康二郎さん自身も仕事一筋の人間だった。あるいは、遊び心もそれなりに持ち合わせていた祖父よりも、ストイックだったかもしれない。

生涯独身を貫き、個人的な付き合いのある友人もいなかった。外回りがなければ、一日

の大半を営業所に詰めて、あらゆる業務に没頭していたという。

誰よりも早く出社し、誰よりも遅く退社する所長を、会社に住んでいると信じていた社員も少なくない、というほどだった。

その彼がいなくなった。滞在先であったホテルはすでにチェックアウトしていた。ふらりと旅行にでも行ったのだろうか。居所に心当たりのある人はいなかった。

携帯電話は繋がらない。荷物もない。祖父の病床で綴《つづ》っていた簡単な日記が残されていたほかは、書き置きなどもなかった。

警察への届けに関しては、大人たちのあいだでは意見がぶつかったようだ。そこまでするのは大袈裟《おおげさ》だとか、今は少し気持ちを整理したいのかもしれない、という意見もあったが、だからといって、何日も連絡を取れないのはおかしい。それに、事件や事故に巻き込まれた可能性もある。

話し合いの末、届け出ることになった。

捜索はなされたものの、行方は依然として知れなかった。


連絡があったのは、四月十日未明。

遠く離れた和歌山県の山中。地元住民によって、岩場の隙間から発見された。

死後、一週間ほど経っていた。

検視の結果、康二郎さんの胃から、多量のアルコール、長らく服用していたという睡眠薬が七日分、古い木の葉、桜の花弁、そしてA3用紙一枚分の紙片が出てきたという。

親族が一通り聴取された上で、康二郎さんは自殺とされた。兄を喪《うしな》い、そのあとを追った状況に見えた。

若いころに親と妹を亡くして以来、歳《とし》の離れた兄を頼りにしていた、という康二郎さんの身の上話を、私は初めて耳にした。

であれば、あとを追うものだろうか。

私は祖父が倒れるまで、祖父と康二郎さんが仲の良い兄弟だと知らなかった。むしろ、それほどの仲ではないと思っていた。あまり顔を合わせている様子がなかったからだ。

そしてそこで初めて、祖父と康二郎さんが、母親の違う兄弟だったと知った。ふたりの関係が、さらにわからなくなった。

私は康二郎さんの葬儀のあいだ、彼の静かな遺影を眺めながら、複雑な思いを抱えていた。先日病死した祖父は、まだ生きたがっていたはずだ。仕事も続けたかっただろう。それなのに、そんな祖父を目の当たりにしながら、康二郎さんは自死した。

いったい何が、康二郎さんをそうさせてしまったのだろう。

四

私は祖父から受け継いだ納戸の片付けをするため、軽井沢へ向かった。時期はすでにゴールデンウィークに差しかかっている。高校へ入学し、なにかと多忙で、時間が取れなかったのだ。

肌寒いだろうと見越して、厚着をしてきてよかった。予想どおり、現地はまだ寒かった。車を運転してくれた父が、知り合いのところに行くというので、私は鍵を預かり、ひとりで建物に入った。管理人さんがいるため、掃除は行き届いている。

スリッパを借りて、まっすぐ納戸へと進む。しばらくぶりだ。何も変わっていない。懐かしさが胸を満たして、静かな廊下を歩く音が物悲しい。

施錠されていた納戸を開く。想定していたよりも、きちんと整頓《せいとん》されていた。不思議なことに、ここは清掃されておらず、埃《ほこり》を踏んだ。どうしてされていないのだろう。

祖父が若いころに蒐集《しゅうしゅう》したもの、貰いもの、雑多なものが、たくさん詰め込まれている。

幼少のころ、ここにあるものたちを見つけたとき、どれほどわくわくしただろう。

地球儀、天球儀、瓶詰めの船、黄金色の虫や、翅《はね》を広げた蝶の標本、珍しい絵の描かれた古い切手。化石や鉱石。まるで小さな博物館のようで。

これらを眺めながら、祖父はそれぞれの物語を聞かせてくれた。私はここに来るたび、欲しいとねだった。そんな小さいときの望みを、祖父は覚えていてくれたのだろう。思い出の色は褪《あ》せずに残っている。ただ、物語を聞かせてくれた人がいないだけだ。

ひとつひとつ、納戸から出していく。しばらくして、最後に現れたのは、一抱えもある木製の長持《ながもち》だった。初めて見る。何が入っているのだろう。

蓋《ふた》を開く。すると、桐の独特の香りがほのかに漂《ただよ》う。そこには、着物、櫛《くし》やかんざしなどの装飾品が入っていた。誰のものだろう。

もしかして、十年ほど前に亡くなった祖母の遺品だろうか。

祖父がよりいっそう仕事に打ち込むようになったのは、祖母が亡くなってからだ。どんどん、仕事詰めになっていった。そして私は成長するに従って分別もつき、会社へは遊びに行かなくなった。

長年の無理がたたったのだと、葬儀の場で口にしていた人もいた。しかし、仕事に打ち込まざるをえなかった祖父の喪失感は、想像に難《かた》くない。

蓋を閉じた長持を、私は納戸から出した。仏前においてあげようと思ったのだ。

康二郎さんが私の部屋に現れたのは、その夜だった。

五

——今日もいる

月が出ている。ふちが僅《わず》かに痩せている。窓辺を淡く照らしている。彼の気配で、ゆっくりと目覚める。金縛り。瞼《まぶた》を少し開くことはできたので、私は注意深く、康二郎さんの動向を観察する。

昨晩と同じように、彼は積んである荷物の周囲をうろうろしたり、覗き込もうとしたり、もどかしげだった。

——荷物

祖父の遺品に、思い残すことでもあるのだろうか。

そしてまた、こちらに気づいたようだった。振り返る。幽霊だと認識すると、目を合わせるのはやはり怖い。ほとんど反射的に、目をそらそうとする。しかし、動けない。

——どうして泣いているんだろう

祖父の葬儀の席で、彼は涙を見せなかった。祖父を慕う人は多く、弔問客《ちょうもんきゃく》は男女問わず泣いていた。激しい嗚咽《おえつ》とともにくずおれる人もいた。凄《すさ》まじい光景に、こちらが驚いて泣き止むほどだった。その中で康二郎さんは、一粒の涙も流さなかった。真新しい棺《ひつぎ》に見入る、あの静寂な眼差しを思い出す。

あのときすでに、生きていく心が折れてしまっていたのだろうか。この人が自死すると決めたのは、いつだったのだろう。きっとそのとき私は近くにいたはずだ。

どうして死んでしまったの。どうして私は引き止められなかったの。

彼が唇を開く。紙がこぼれる。月光にひるがえり、涙と一緒に落ちていく。千切れた紙には、文字が書いてあるように見える。

胃から出てきた紙とは、これなのだろうか。だが、内容までは読み取れない。足元へ辿り着く前に、その幻は、夜に溶ける。

康二郎さんの唇が、何かを紡《つむ》ぐ。けれど声は聞こえない。

翌夕。

私は授業中に考えていたことを、帰宅後、実行に移した。

自室で、納戸より発掘した品を選《よ》り分ける。

途中、ひとつ年上の姉である真利《まり》ちゃんが顔を覗かせた。

「なにしてるの、若葉」

「真利ちゃん。ほら、このあいだ、軽井沢行ったでしょ。片付けてるの」

「へえ。大変そう。がんばってね」

「ありがと」

真利ちゃんは、四畳半のほうに置いてある本を持って、去っていった。兄の持ち物をまた勝手に借りていったようだ。

気を取り直して、続きに取りかかる。荷をふたつに分ける。そしてこの部屋と、四畳半に、それぞれ置くことにした。

康二郎さんはその夜、私の部屋に現れた。

翌日。

同じ要領で私の部屋に置いた荷物を、また半分に分けた。そして再び、康二郎さんが現れるのを待った。その夜は現れなかった。四畳半のほうへ置いた荷物と入れ替える。現れた。それをさらに、半分に分ける。

納戸を片付けた際、最後に出てきた長持に辿り着いたのは、数日後のことだった。やっと見つけた。その蓋を開き、私の部屋に置いた。

夜。

康二郎さんは長持を、神妙な顔で覗き込んでいた。中に、涙が落ちる。探し物は、あの中のどれかだ。

康二郎さんが、振り返る。

探し物を手に取って、成仏してくれるだろうか。と、期待した私に、康二郎さんはまた紙をこぼした。かすかな声。

――……てくれ

翌晩。

長持の中身を、ふたつに分けた。着物一式を私の部屋。装飾品など、こまごまとしたものを、四畳半のほうへ置く。月が高くなっても、私の部屋には現れなかった。

私はそっと起き出して、四畳半の襖《ふすま》を細く開いた。奥の窓からの月明かりで、室内の様子がわかる。正方形の和室に、兄の荷が雑然と置いてある。襖を開いたすぐそこの床の上に、装飾品をまとめて移した箱がある。――いる。

康二郎さんは、背をゆるく丸めて、両膝をつき、中を眺めている。その視線は、五センチ四方の小さな箱に向かっていた。恐る恐るといった様子で、彼の右手が伸びる。

指先でそっと触れようとして、通り抜けてしまい、触れられない。その様子は、猫が猫じゃらしをもてあそぶときに似ていた。

小箱。中身は、何だっただろう。

康二郎さんが、おもむろに姿勢を正した。視線を上げ、私と目が合う。幽霊と至近距離にいることを、私は初めて気づいた。手を伸ばせば、こぼれるものたちに触れられそうだ。

——……てくれ

聞き取れなくて、もどかしい。

「……ごめんなさい。聞こえないんです」

まるで私に応《こた》えるように、少しだけ大きな声になった。

——…してくれ

祖父に似た低い声が、嬉しくて悲しい。

そのとき私はやっと、彼の囁《ささや》きを聞き取った。

——返してくれ

と、康二郎さんは訴えている。

六

——返してくれ

ささやかなサイズの小箱を机上に置いて、私は両腕を組み、悩んでいた。箱は臙脂《えんじ》色。開くと乳白色のクッション地。中身は指輪だ。細い銀色の輪に、ピンク色の透明な石がひとつ埋め込まれている。控えめな小粒がとても可愛らしい。

あくまで推測だが、これは「恋人への贈り物」ではないだろうか。いかにも若い女性が好みそうだった。何か事情があることだけ、痛いほど伝わってくる。

幽霊になってまで探していたほど、思い入れの強い品だということだ。

それなのになぜ、祖父が納戸に仕舞いこんでいたのだろう。康二郎さんはずっと、返してほしかったのではないのか。なぜ返さなかったのだろう。

そのとき、襖の向こうで、真利ちゃんの声がした。

「若葉、これ返しとくけど内緒ね」

兄は自分の物を勝手に借りられるのが嫌いだ。だが自由奔放《ほんぽう》なこの姉は、兄の意思など尊重したりしない。

「わかった」

そして妹である私は従うべき相手をよく知っている。と、こんな風に、借りた状況はどうあれ、物を借りたならば返すのが筋《すじ》だろう。

どういう事情があったのかは知らない。けれど、康二郎さんの涙をこれ以上眺めているのは辛い。返せるのなら、返してあげたい。

どうすれば返せるだろう。

数日後。

祖父の仏前に手を合わせていた私は、無造作に置かれていたノートに目を留めた。A5サイズのノート。手にとってめくる。見慣れない筆跡が並んでいる。日付が記してあり、日記だとわかった。

「これ……」

康二郎さんが、祖父の枕元でしたためていたものだ。彼の唯一の痕跡《こんせき》。しかしながら、彼の行き先の手掛かりはなかったと聞いている。

――二月十六日、雨。

兄さんが溢血《いっけつ》で倒れたと連絡。危篤。普段通りでいなければ落ち着かない。そのためこれを書く。

二月十七日。雨。一命を取り留める。兄さんがそんなぽっくり逝《い》くとは思わない。昨日は息子夫婦二組と娘夫婦、それぞれの子どもたちがいた。久しぶりに見た若葉は、小桃《こもも》によく似ていた。

二月十八日。雨。目覚めない。顔を見ていると、お互い老いたものだと思う。

二月十九日。雨。今日も。

二月二十日。雨がやんだ。曇《くも》り。まだ。

二月二十一日。曇り。早く起きてくれないだろうか。

二月二十二日。晴れ。目を覚ました。麻痺が残る。会社は代替わりになりそうだ。そういえば正月ごろ、自宅に電話があったとき、そろそろ潮時かもしれんと言っていた。兄さんらしくないと一笑に付したのだが、すでに体調が悪かったのだろうか。

二月二十三日。曇り。会話できず。

二月二十四日。雪。兄さんがやっと喋った。働けだと。そんな言葉が聞きたいわけではない。まだ働かせる気か。若葉が見舞いに来た。

帰ったあと、若葉が小桃に似ているという話を兄さんへ切り出した。思い出したか、と訊《き》かれる。忘れていたわけではない。

二月二十五日。雨。会話できず。たった一言でいいのに。

二月二十六日。雪。会社の者が来た。

二月二十七日。雪。冷え込む。

二月二十八日。曇り。

三月一日。晴れ。

午後七時四十五分、永眠。けっきょく、二十四日に話したのが最後になった。

「なにしてるの、若葉」

「うわあ！」

ぱっと振り返ると、真利ちゃんの顔が肩のところにあった。飛び上がった拍子に私はノートを落とし、同時に、私の肩が真利ちゃんの顎を直撃した。双方、痛みに耐えたあと、謝罪し合う。

「ごめん……驚かせて」

「こっちこそごめん……驚きすぎた」

気を取り直した真利ちゃんは、まだ痛むらしい顎を手の平でさすりながら、視線でノートを示した。

「それって、康二郎さんの」

他人の日記を読む後ろめたさが、私を驚かせたのだろうと思われた。慌ててノートを拾い、手元で払う。

「ここに置いてあったから、つい」

「けっきょく手がかりはなかったんだよね」

「そうみたい」

ページを開き、きれいな筆致《ひっち》を指先で辿ってみる。ノートはほんの一部しか使用されておらず、以降は真新しい紙が続くのみだ。私の人差し指が、私の名前に辿り着く。

「小桃って、誰なのかな」

私に似ているという「小桃」は、日記の中に二度も現れる。

「あれ、知らなかった？　おじいちゃんと康二郎さんの妹の名前なんだって」

「あ、そうなんだ」

そういえば康二郎さんは若いころ、両親と妹を亡くしたのだった。

「……おじいちゃんが亡くなって、どうしようもなくなっちゃったのかなあ」

ノートの中で、祖父は死に向かっている。

しんみりしていると、

「おじいちゃんは、康二郎さんが苦手だったみたいだよ」

と、真利ちゃんが呟いた。私はノートから目を上げる。

「苦手?」

「うん。若いときに何かあったみたい。詳しくは知らないけど……。それで仙台に飛ばされたって聞いたことあるもん。母親が違うみたいだし、いろいろあったんじゃないかな」

「そっか……」

大人たちの事情は複雑だ。それに対して、歳の近い姉妹である私たちは幼少から、できるだけ見て見ぬふりを努めてきた。私は真利ちゃんに相談することにした。

「実はね、おじいちゃんの荷物に、誰のかわからないものがあったの。それで、どこかに手掛かりがないかと思って……」

「そうなんだ。おじいちゃんも、片付けてからくれたらよかったのにねえ」

どうやら手伝ってくれる気はなさそうだった。真利ちゃんは軽く膝を浮かせて、

「あっ、もしかして、自分で片付けるのが面倒だったから、若葉にくれたのかも」

と、いたずらに微笑んだ。私は、なるほど、と納得する。

「そうかも」

「がんばってね」

真利ちゃんを見送りながら、私は考え込んだ。

祖父が、納戸をくれたわけ。それは自分で片付けるのが面倒だったから、かもしれない。すでに体力的にも、難しかっただろう。しかしそう考えると、ひとつ疑問が湧く。

単に片付けてほしいだけならば、傍にいる人に頼めばいいではないか。私との約束が頭にあって、私を待っていたのだろうか。そうだとしても、私はいつお見舞いに行くか、伝えていなかった。祖父から呼び出されたわけではない。だから、来るか来ないかさえ、わからなかったはずだ。

私が来たら、言おうと思っていたのだろうか。

ずっと傍にいた康二郎さんには言付けずに。

もし私にくれる旨を誰にも言わなければ、あの別宅は、他の人の手に渡ることとなる。最終的にそうなってもよかった、ということなのかもしれない。

納戸には、康二郎さんが返してほしいと訴えるものがあるにもかかわらず。

ほんの少ししか顔を見せなかった祖父不孝の私に託したのは、康二郎さんへ渡したくない、という意思のように感じられた。

日記にはこうある。
——そんな言葉が聞きたいわけではない
——たった一言でいいのに
康二郎さんは、何かの言葉が祖父から出てくるのを待っていた。それが何なのかは、私にはわからない。
それはたとえば「在り処《ありか》」だろうか。康二郎さんの探し物の。つまり、指輪の。
康二郎さんが返してくれというものを、祖父は返したくなかった。だから私にくれた。
では、この指輪は、康二郎さんには返さないほうがいいのだろうか。

私は、指輪の由来を調べ始めた。が、指輪について知る人はいなかった。真利ちゃんが教えてくれたように、「小桃」がおじいちゃんと康二郎さんの亡くなった妹だということは、事実のようだった。新たに判明したのは、康二郎さんの遺体が発見された和歌山県の山中は、祖父と康二郎さんの生家があった場所に近い、ということだ。初耳だった。まったく縁もゆかりもないと思っていた。むかし、後妻を娶《と》った曽祖父の死後、祖父が生家を継いだ。しかし、その時点で祖父はすでに関東に移って商売をしていた。そのため、継いだ家も土地も、余さず売り払ってしまったのだという。

後妻の子が康二郎さんで、その妹が「小桃」だった。

指輪のことはわからないままだった。

七

何とか解決したい。だが何をどうすれば何が解決するのか、わからなくなってきていた。

康二郎さんは相変わらず、夜中、部屋の隅に立っている。さすがにその状況下では眠りづらい。

それで、私はいったん、指輪を長持に仕舞い、四畳半のほうへと追いやった。とりあえず目の前からいなくなれば、意識しないで済むと思ったのだ。だが、それは間違いだった。罪悪感のほうが増した。じきに、夜、目覚めるようになった。彼の姿がなくても。

ある夜、眠れずに寝返りを打ち、ひとつの結論を見いだした。

――やめよう。おじいちゃんの判断に任せよう
つまり、祖父が返さないことを選んだのであれば、そうしよう、と決意したのだった。

会社のトップに君臨していた祖父は、こうと決めたら頑固だった。周囲には慕われていたほうだが、陰口を叩かれることも多くあった。一度決めたことを覆《くつがえ》さないのだ。

祖父が、返さないという選択をとった。理由はきっとある。真実は語られなかったが、結論はわかっている。

しかし、考えるのをやめられない。康二郎さんは今も指輪を眺めているだろう、と。祖父が返さないと決めた指輪を、康二郎さんは、幽霊になってまで求める。康二郎さんは、祖父の意志決定に誰よりも忠実だったのに、まるで抗《あらが》っているように。

……私の部屋には、今は康二郎さんの姿はない。

けれど、今夜も、ひとりで泣いている。

祖父が「在り処」を墓まで持っていってしまったと勘違いしたから、もう見つけられないと思い、康二郎さんは死ぬことを選んでしまったのかもしれない。

どちらにせよ、ふたりともがもうこの世にいない。真相はわからない。

けれどふと――四畳半が、気になる。

堂々巡りだった。

真夜中。私は、隣室を覗いた。

泣いている。紙がこぼれる。

――何が書いてあるんだろう

遺体となった康二郎さんの胃から出てきた紙片。そこには文字が書いてある。だが散りになりすぎて、読み取れない。

康二郎さんはいったいなぜ、紙を食べたのだろう。

わからないことだらけだ。


手掛かりになりそうなものは、康二郎さんの日記だけだ。

そう思い、私はもう一度、読み直すことにした。


――二月十六日、雨。

兄さんが溢血で倒れたと連絡。危篤。普段通りでいなければ落ち着かない。そのためこれを書く。


日記の冒頭部分に、やっと違和感を覚えたのは、五月も終わりのころだった。

「普段通りでいなければ落ち着かない……そのため、これを書く」

これはたとえば、「習慣化していることがあると、それをしなければ落ち着かない」ということなのだろうか。その気持ちはわかる。

そう考えると、康二郎さんは、日々を記録することを習慣化していることになる。――そして「これを書く」。

祖父が危篤となった際、康二郎さんは、それほどの荷を持たず駆けつけたはずだ。そういう事態となって、持参できるのはせいぜい着替えとか、その程度だろう。日記なんて持って出歩いたりしない。

習慣になっていて同じことをしたいと思った。新しく調達する必要がある。だからこのノートを購入した。

ならば、どこかに古い日記がある。

しかし、康二郎さんが住んでいた仙台のアパートの片付けをした父に確認したものの、康二郎さんの部屋には、そのようなものはなかったそうだった。

八

彼は、少しばかり目を丸くしたのち、さも嫌そうに眉をひそめた。今にも舌打ちしかねないほどの表情だったため、歓迎されていないとよく理解できた。

「高校生の女の子が、ひとりでこんなところまで来るもんでないと思うがね」

私は頷いた。

「私もそう思います……」

康二郎さんの行方の手掛かりが少しでも存在したのならば、父は警察へ提出していただろう。だが居所に繋がる物は、部屋にはなかった。

しかしながら、残された新しい日記、それが書かれた経緯を推し量るに、康二郎さんが普段から日記をつけていた可能性は高い。では、どこにあるのだろう。

康二郎さんがいつも過ごしていたのは、会社だ。従業員に、会社に住んでいると思われるほどの長時間を過ごしていた、と聞いている。

だから私はわざわざ、旅行ついでに、仙台営業所までやってきて、橘さんを相手に話をしているのだった。

旅行のついでなのか、旅行がついでなのかは、とっくにわからなくなっている。旅行の計画段階で、目的について考えるのはやめることにした。

私は気を取り直して、橘さんへ向かう。

「日記があると思うんです」

「ないね」

「……あの、探させてはもらえませんか」

「いいや。ない。燃やした。毎日書いていたな。日報のついでに」

そこで、と橘さんが指差した方向を、私は目で追った。

この営業所は、三階建てのビルの一階にある。教室ほどの広さだ。出入り口を入って、雑然としたデスクが八つほど、向かい合わせに配置されている。

デスクの奥に、パーテーションで空間を区切って、応接セット。ちょうど今、私と橘さんが向かい合って、掛けている。お昼どきで社員は出払っていて、私たちしかいない。

橘さんが示したのは、裏庭に面している窓の傍、事務所内でもっとも壮絶な様相の事務机だった。窓のすぐ外では木が繁《しげ》り、新緑が揺れている。積まれたファイルの表紙をなぞるように、初夏の木洩《こも》れ日が移ろっていた。

「もう俺の机だが」

康二郎さんの死後、橘さんがここの営業所長を引き継いでいると聞いている。

営業所に立ち寄る旨を両親へ伝えたとき、渋い顔をしていたのを、私は思い出した。あまり関わったことがなかったので知らなかったのだが、橘さんは、職人気質《かたぎ》というのか、気難しくて扱いづらい人らしかった。

「あの人自身がよく言っていたように、トップなんていつでも挿《す》げ替え可能ってもんだ。

会社はまわる。だがまあ、いつまでもいないわけにもいくまい。むかしみたいに、金まで持っていかれたわけでもない」

　両親から聞いたところによると、数十年前、それまで仙台営業所の所長を務めていた人が、会社のお金を着服して行方をくらませたらしい。そして、康二郎さんがこの営業所へやってきた。

「社長は、嫌いな弟を遠ざけるためにこっちにやった、って話だった」

　橘さんが何か恨めしく思っている風なのが伝わってくる。

「……聞きました。むかし、何かあったって」

「何かの問題があったそうだ。そこでふたりの間で何か約束があって、あの人がこっちに寄越された」

「約束……？」

　橘さんはもともと仙台の人だ。あのときはいい迷惑だった、と言いたげだった。

「さあ」

　またわからないことが増えた。

　目を伏せ、落胆のため息を吐こうとした、そのときだ。

「……今回のことは、残念だった」

私は目を上げ、橘さんを見つめた。橘さんは目をそらした。その瞳は潤んでいるように見えた。橘さんは康二郎さんを失い、悲しんでいる。そして康二郎さんの死に、納得している。

ほとんど確信を持って、私は訊《たず》ねた。

「橘さんは、康二郎さんが亡くなった理由を、ご存知なんですね」

肯定とも否定ともつかない、喉の奥からの短い返答とともに、橘さんがこちらを睨《ね》める。

私は彼の目をまっすぐ見返した。

彼は、目を瞬かせた。誤魔化すように。

「理由が書いてあったから、日記を焼やしたんですよね。祖父と康二郎さんとのあいだに、何があったのか、知っているから」

橘さんが何かを言いよどむ。

康二郎さんと橘さんのあいだに、信頼関係が築かれていたことがわかる。私の両親が扱いづらいと評していた、気難しい橘さん。その彼が、康二郎さんを慕っているように見える。

橘さんは、康二郎さんの日記を焼いた。おそらく遺志を汲《く》んで。

そしてその内容を、誰にも明かさないつもりだったのだろう。

けれど。

「お願いします。教えてください。……私には、何が正しいのか、わからないんです」

返してほしいと訴える康二郎さん。返そうとしなかった祖父。

どうして泣いているのか。どうして返さなかったのか。

あの指輪にはいったい、どんな事情があるのか。

指輪の処遇について、私だけではどうしても答えに辿り着けない。

「問題があったのは、何が原因だったんでしょうか。康二郎さんが。それとも祖父が」

橘さんは逡巡《しゅんじゅん》ののち、深呼吸をした。ソファの背凭《せもた》れが軋《きし》み、重いため息が吐かれる。

「……心中しようとしたらしい。所長が」

言葉を失う私を一瞥《いちべつ》し、橘さんは続けた。どこか遠くを見つめながら。

「別の人との結婚が決まっていた女性と駆け落ちの末、心中未遂をしたそうだ。……服毒だったか。女性は亡くなって、あの人は生き延びた。それから数十年、社長は、あの人が自死することを許さなかった。女性の遺品をどこかに隠したそうだ」

足元に置いてある鞄。中に入っている臙脂色の小箱を、私は思った。

「遺品を隠すことで、こちらの世界に引きとめようとした。それを探す限りは、生きるだろう、と」

康二郎さんからすれば、祖父が亡くなったことで、その所在がわからなくなってしまった。だからもう、生きていく意味を持てなくなってしまった。

「納戸」は、整頓はされていたが、掃除はされていなかった。私が入るまで、鍵を掛け、封じられていた。見つからないように。

「……私は、おじいちゃんが何か、康二郎さんにひどいことをしているんだと思っていたんです。でも……」

康二郎さんは、祖父の危篤を知って駆けつけた。祖父が目覚めたとき、指輪を返すよう求めたはずだ。しかし、そこで返してしまえば、康二郎さんが自ら命を断つだろうと、祖父は恐れた。在り処を言わないでいれば、諦めてくれるかもしれない。そちらのほうに賭《か》けた。生き続けてほしかったのだ。

私は祖父が、誰かに悪し様《あしざま》に言われているのを聞くのが辛かった。成長するにしたがって、本社へ赴《おもむ》かないようになったのは、優しいだけではいられない祖父の別の顔から目をそらしたからだ。心の優しい人だと知っていたから。返さなかった理由を信じたかった。康二郎さんにひどい仕打ちをしていたのではないか、と、疑いたくなかった。

不安に思う自分が嫌だった。納得する答えを得るために、ここまで来てよかった。足元の鞄から、私は小箱を取り出した。橘さんがそれを見て、目を瞠《みは》る。

涙がこぼれて、膝を濡らした。

こらえようとしたが、難しかった。

橘さんの声音《こわね》が、ほんの少し優しさを帯びた。

「……誰も悪くない」


康二郎さんの日記は、処分されていなかった。できなかった、と橘さんは言った。むかしの出来事や、苦しみが綴られたそれらを読もうとした私を、橘さんは止めた。その代わり、内容をかいつまんで教えてくれた。

康二郎さんは複雑な生まれだ。それで、若いころはずいぶん病んでいたという。兄を頼って関東に出たあと、ひょんなことから、生家に残していた妹と再会を果たしたこと。時々会って話すようになり、いつしか彼女との関係に、別の意味を見つけてしまったこと。そんな折、親の決めた縁で、彼女が嫁《とつ》ぐことになる。

結納《ゆいのう》の日、晴れ着姿で泣いている様子を見て、気がつけば、ふたりで逃げていたこと。行き着いた先での、心中未遂。

兄が、彼女の遺品を隠したこと。自分のもとで働けば、いつか返してやると約束されていたこと。その約束のために働いていること。

彼女と過ごしたときを懐かしみながら、ずっと後悔している。

ひとりで死なせてしまったことを。


どこかから空《から》の一斗缶を調達してきた橘さんと、会社の裏庭に出た。

花壇があり、色とりどりのパンジーが咲き乱れている。ひらいた花のにおいがする。木は葉桜。緑が眩しい。温かい風に吹かれて、梢《こずえ》が揺れて、地面に日と影が波立つ。

橘さんが、

「食べることで、持っていこうとしたんだと、思った」

と、呟いた。「遺体から出てきたもののことですか」

アルコール、睡眠薬、木の葉、桜、紙片。私はあの散り散りの紙片が、月明かりに反射して舞うさまを、これからも忘れられないだろう。

康二郎さんは一度、妹と生き別れている。木の葉は、その再会のときに色づいていたものだと書かれていたそうだ。秋の日暮れ、虫食いのない紅葉《もみじ》をふたりで選り、本に挟んださやかな思い出。これだけは祖父に奪われず、ずっと栞《しおり》にしていたという。

心中は、桜の季節。以来数十年、薬なしには眠れなかった。

私が康二郎さんの死の謎を解き明かそうとしたきっかけなどを、橘さんへ話したところ、橘さんは、何やら諦めたらしい。妙にさっぱりとした声音で、明かした。

「紙は、婚姻届だったそうだ。……無記入の」

たとえかりそめだったとしても、書いてしまえばよかったのに。と、私は思った。

紙片を繋ぎ合わせたら婚姻届になったことは、私の両親や親族は知っているという。橘さんは私の母から、婚姻届が出てきた理由を訊ねられたらしい。

「訊かれたときは、もちろん知らなかった。そのあと、机を片付けているとき、日記を見つけた。何か理由が書いてあるかと思って――正直、読まなければよかった」

「……わかります」

あの涙の真実を知ったことで、これほど哀しくなるのなら、何も知らずにいるほうがよかったと、私も思う。全てを読んだ橘さんならば、尚更だろう。

「……アルコールは、お神酒《みき》でしょうか」

私が婚姻届から連想した切ない推測を口にすると、橘さんは噴き出した。

「それにしちゃ飲みすぎだ。のん兵衛《べえ》だったからな。深酒する人で」

葉桜の下に、一斗缶を据えた。

「俺も、これをどうしたらいいのか、迷っていた」

橘さんは日記を、新聞紙やらおがくずと一緒に、一斗缶の中に放り込む。私は小箱を、手の平に載せて見つめた。「……指輪って、燃えるんでしょうか」

「ダイヤなら気化するだろう。八百度あれば」

「この中で燃やして、そんなにいかないような……」

「燃やすんだったらさっさと入れてくれ」

日記の中に、死ぬなら春がいいと彼女が言った旨が書かれていたという。だから、心中未遂は春だった。桜と満月の下で死にたいという、むかしの人の詠《よ》んだ歌。

彼が死のために選んだ場所には桜があって、その瞳には、月が映っていたに違いない。

橘さんが、マッチを擦《す》った。私は小箱ごと、一斗缶の中に入れた。橘さんが火を近づけると、おがくずが色を変える。焦げた紙がぱちりと弾け、宙に舞おうとして燃え尽きた。

何が書いてあったかは、もうわからなくなる。

※この作品はフィクションです。実在の人物・団体・事件などにはいっさい関係ありません。

集英社オレンジ文庫をお買い上げいただき、ありがとうございます。
ご意見・ご感想をお待ちしております。

● あて先
〒101-8050　東京都千代田区一ツ橋2-5-10
集英社オレンジ文庫編集部 気付
長谷川　夕先生

集英社
オレンジ文庫

僕は君を殺せない

2015年12月22日　第1刷発行
2017年6月6日　第17刷発行

著　者　長谷川　夕
発行者　北畠輝幸
発行所　株式会社集英社
〒101-8050東京都千代田区一ツ橋2-5-10
電話【編集部】03-3230-6352
【読者係】03-3230-6080
【販売部】03-3230-6393（書店専用）
印刷所　大日本印刷株式会社

※定価はカバーに表示してあります

ISBN 978-4-08-680055-6 C0193